레플리카 2

Replica

레플리카 ²

운명의 아이

한정영
장편소설

이지북
EZbook

차례

세븐틴

세인의 휴먼 AI 3세대 클론. 자신이 어떤 존재인지 깨닫고 난 뒤 방황하며 제 3 거류지를 떠돈다. 그러다 클론의 삶이 어떤 것인지 알게 되고, 그들을 돕기 위해 반시연대와 손잡는다. 클론의 유전자 지도가 들어 있는 '카멜레온'을 찾기 위해 다시 '로즈 게임'에 뛰어든다.

리아

세인의 소꿉친구. 동맹시 시민이지만 클론의 생존권에 관심이 많다.

녹두

세븐틴의 정신적 지주. 제3 거류지에서 클론들의 생존권을 지키기 위해 활약한다.

은별

컴퓨터를 다루는 솜씨가 남다른 소년. 세븐틴과 같은 휴먼 AI 3세대 클론이다.

네오 호크

위성지구 출신의 비밀스러운 인물. 동맹시에 대한 적개심이 크다. '로즈 게임'의 몹으로도 활동하며 은밀하게 제3 거류지 사람들을 돕고 있다.

류지호

세인의 아빠이자 동맹시 안보국장. 위성지구 출신이지만 동맹시에서 성공한 인물로 세인에게 지나치게 엄격하다.

마더

반시연대의 실질적 리더. 철저히 정체를 숨기고 있다. 그러나 동맹시의 제3 거류지에 대한 탄압이 점점 심해지자, 동맹시와 맞설 계획을 세우고 전면에 나선다.

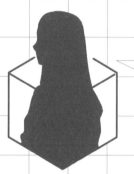

조안

반시연대 활동가인 어게인스터. 동맹시 상류층에서 태어났으나 의료 봉사를 다니며 하층민들을 도왔다. '마더'와 친분이 있으며 일찍부터 반시연대와 뜻을 함께했다. '카멜레온'을 찾아 클론들의 생명을 구하기 위해 노력한다.

닥터 솔로몬

휴먼 AI 3세대 개발자. 클론의 유전자 지도에 대한 모든 비밀을 알고 있다. 한때는 클론을 도왔지만, 현재 행방이 묘연한 상태이다.

또 다른 비밀

눈을 뜨니 골조가 드러난 천장이 보였다. 어두워서 자세히 보이지는 않았지만, 벽돌이 떨어져 나간 흔적과 함께 군데군데 녹슨 철근이 튀어나와 있었다. 굵기가 제각각인 파이프들도 복잡하게 얽혀 있었다.

오른편으로 고개를 돌렸다. 책상들 위에 열 개가 넘는 모니터가 켜져 있었다.

몸을 움직이자 의식하지 못하고 있던 통증이 온몸에서 살아났다. 특히 머리와 얼굴의 통증이 심했다. 얼결에 손으로 더듬어 보고 나서야 눈을 제외한 머리와 얼굴 전체가 붕대에 감겨 있다는 사실을 알 수 있었다.

그 순간 별의별 생각이 다 들었다. 나에게 무슨 일이 있었던 걸까? 아빠의 차에 탄 채 절벽 아래로 처박혔던 기억이 천천히 되살아났다.

여기가 어딘지 알기 위해 억지로 몸을 일으켰다. 반쯤 열린 창 쪽을 향해 다가가자 뿌연 하늘 너머로 높게 솟은 동맹 타워가 희미하게 보였다. 그 앞으로는 동맹시의 벽이 거무스레한 띠처럼 눈에 들어왔다.

시선을 내리자 동맹시와 제3 거류지를 둘로 나누고 있는 바다, 그리고 더 안쪽으로 무질서하게 들어선 건물들이 한눈에 보였다. 까마득한 높이였다. 창밖으로 목을 더 내밀었을 때, 비로소 내가 롯 타워 안에 있다는 사실을 알아차렸다. 못해도 30층은 될 것 같은 곳이었다.

'어떻게 내가 여기까지 온 걸까?'

몹시 어지러워서 밖을 계속 내다보고 있을 수가 없었다. 나는 어기적거리며 침대로 돌아와 털썩 주저앉았다.

그때 인기척이 들렸다. 바짝 긴장한 채로 있는데 창 옆쪽의 문이 열리고 녹두가 나타났다.

"더 누워 있어도 돼. 먼저 다친 상처가 완전히 회복되기 전에 또 다친 거라 앞으로 보름은 더 치료를 받아야 할 것 같아. 그래도 휴먼 AI 3세대의 인터랙션 기능 덕분에 회복 속도가 보통 사람들보다 두세 배 빠른 편이야. 걱정하지 않아도 되겠어."

녹두는 웃으며 다가와 침대 옆 의자에 앉았다. 나는 혼란스럽고 어지러워 머리를 붙들고 녹두에게 물었다.

"여긴 어떻게 왔죠? 그리고 내 얼굴은 어떻게 된 건가요?"

"내가 너를 데리러 갔을 땐 이미 사고가 난 뒤였어. 다행히 은별이 네 위치를 추적하고 있었기 때문에 무장 순찰대보다 먼저 사고 지점에 도착할 수 있었지. 차가 추락하면서 화재가 났어. 기억나?"

"내 얼굴, 얼굴을 보고 싶어요. 붕대 풀어도 돼요?"

"꼭 그래야 한다면……."

녹두의 눈빛이 흔들렸다. 그게 이상하게 불안했지만 나는 붕대를 풀기 시작했다.

반쯤 푸니 얼굴이 심하게 따끔거렸다. 탁상에 있는 작은 거울을 집어 들었다. 거기에 비친 내 얼굴 반쪽을 마주한 순간, 손이 심하게 떨렸다. 화상에 일그러지고 뭉개져 흉측했다. 마치 피부를 발기발기 찢어서 아무렇게나 붙인 것 같았다.

"으으……."

거울 속의 내 모습은 그동안 마주쳤던 수많은 패티 티슈의 얼굴보다 더 망가져 있었다. 거울을 떨어뜨린 나는 결국 헛구역질을 하고 말았다.

녹두가 다가와 어깨를 토닥여 주었다. 나는 몸을 떨며 물었다.

"이게 내 얼굴이라고요? 대답해 봐요. 이제 이런 모습으로 살아야 하는 거예요?"

"괜찮아. 치료받으면 돼. CPU와 모든 기계적 기능이 정상이라 훼손된 생체를 빠르게 복원시키고 있어. 동맹시 의료 기술이면 원래대로 완벽하게 돌아갈 수 있지만……. 그건 지금 어려우니 당분간은 이대로 지내야 해."

녹두는 내 어깨를 한 번 더 토닥였다. 하지만 그녀의 목소리는 냉정하게 들렸다. 나는 침대 모서리에 걸터앉아 숨을 몰아쉬었다. 녹두는 붕대로 내 얼굴을 감싸 주었다.

많은 생각이 들었다. 집을 나서 제3 거류지에서 쫓기던 때부터 세인을 만났던 일, 차 안에서 세인의 아빠와 다투던 것까지. 그 모든 사건을 거쳐 난 다시 녹두 앞에 앉아 있었다. 나는 마른침을 삼키고 입을 열었다.

"이번에도 당신이 나를 살렸네요. 하지만 번번이 이런 식으로 깨어나고 싶지 않아요."

진심을 담아 목소리를 높였다.

"나는 클론이에요. 그럼, 클론에게 맞는 삶이 있는 거예요. 지금껏 그 역할을 다해 왔고요. 그럼 됐잖아요. 혹시 나에게 원하는 게 있나요? 아니, 내가 뭘 해야 하죠?"

흥분하고 있다는 것을 알았지만 말을 멈출 수가 없었다. 내 말에 녹두는 창 쪽으로 천천히 다가가 창밖을 잠시 내다보았다.

"동맹시를 감싸고 있는 저 벽을 봐."

녹두는 뿌연 스모그에 둘러싸여 있는 동맹시 쪽을 한 없이 바라보고 있었다. 나는 녹두의 옆에 섰다.

"저 도시는 이곳에 사는 사람들이 건설했어. 지금도 저 도시를 움직이는 건 이곳 사람들이야. 저곳 사람들이 편한 잠을 잘 때 이곳 사람들은 더러운 뒷골목을, 하수구를, 길거리를, 지하 차도를 청소해. 아찔한 경관 도로와 건물 옥상까지 올라가서 통신망을 점검하고, 건물 지하 22층까지 내려가서 냉난방 시설을 고치지. 고층 건물의 유리

창을 닦고, 폐쇄 구역을 복구할 때 오염된 물속으로 뛰어드는 것도 그들의 몫이야. 하지만 모든 혜택은 동맹시민들만 누리지. 좋은 병원과 학교, 편안한 교통 시설까지. 그들은 이곳 사람들에게 아주 사소한 것조차 나누어 주려하지 않아. 저 벽의 바깥에 산다는 이유로 말이야."

나는 네오 호크가 했던 말과, 세인과 함께 바라본 찬란한 불빛으로 물들었던 동맹시의 벽을 떠올렸다.

"클론들은 또 다른 곳에서 죽어 가지. 그들의 오락용으로……."

"로즈 게임을 말하는 건가요?"

"처음에 그들은 생명 연장을 위해서 우리의 몸을 빼앗았어. 그런 다음에는 도시를 유지하기 위한 도구로 우리를 사용했지. 그것도 모자라 이제는 그들의 순간적인 즐거움을 위해 클론은 희생되고 있어."

그렇게 말하는 녹두의 눈동자가 빨갛게 충혈되어 있었다.

"그래서 당신이 원하는 게 뭐죠? 저 벽을 허물기라도 하겠다는 건가요?"

녹두는 나를 보며 단호하게 고개를 끄덕였다.

"미쳤군요. 당신은 도대체 누구죠? 왜 그런 일을 하려는 거죠?"

"글쎄, 왜일까? 매우 위험한 일인데 말이야. 하지만 어떤 일은 모른 체해서는 안 될 만큼 가치 있는 일이야. 게다가 그런 일을 하는 사람들이 나 말고도 많아."

"어게인스터 말인가요? 지금 저에게 어게인스터가 되라고 말하는 건가요?"

"그건 리아의 의견이었어."

"리아요?"

"그래. 리아는 예전부터 반시연대를 돕고 있었고, 너도 함께하면 좋겠다고 말했어. 그러기 위해서는 무엇보다 네가 누구인지 알아야 하잖아. 난 그걸 도왔을 뿐이야."

녹두의 말을 듣는 순간 뒷덜미가 서늘해졌다. 리아가 내 곁에 있었던 게 이런 이유였다니. 비관리 구역에서 반시연대에 대해 질문했을 때 대답을 피하던 리아가 떠올랐다. 이런 식으로 그 답을 듣고 나니 리아에게 배신감이 들었다.

"리아에게 서운해하지 마. 오히려 리아는……."

"곧 폐기될 패티 티슈 하나를 살렸네요. 고마워하라는

거죠? 하지만 휴먼 AI라고 해도 난 특별한 존재가 아니에요. 그런 내가 뭘 할 수 있겠어요. 사실이잖아요. 난 그냥 공부를 잘하도록 설계된 패티 티슈일 뿐이라고요! 당신들과 같은 어게인스터가 아니라!"

"그래. 지금까지 너는 그저 고성능 CPU를 장착한 휴먼 AI에 불과했어. 하지만 이제부터가 중요해. 제3 거류지의 수많은 주민이 우리를 믿고 있어."

"우리라고요? 하핫!"

나는 어이가 없어 웃었지만 녹두는 개의치 않고 방에 있는 컴퓨터를 향해 말했다.

"7월 22일자 신문 톱기사 보여 줘."

컴퓨터는 빠르게 이런저런 장면을 보여 주더니, 어떤 뉴스 화면에서 멈췄다. 깔끔한 정장을 차려입은 여자 아나운서가 약간 흥분된 목소리로 말했다.

"……오늘 가장 충격적인 소식은, 동맹시 보안국의 류지호 안보국장이 어게인스터로 추정되는 괴한들로부터 테러를 받았다는 소식입니다. 사건은 제2 위성지구에 근접한 임진강 중하류 지점에서 발생했습니다. 중상을 입고 치료 중인 류지호 국장의 증언과 목격자의 진술에 따르면, 괴한들은 제2 위성지구를 방문하고 돌아오는 류 국장의 차를 급습하여 추락시킨 것으로 드러났습니다. 사건과 관련해 동맹시 평의회는 대대적인 관련자 검거 작업에 나섰으며, 제3 거류지의 강제 폐쇄를 검토할 것으로……."

나는 고개를 저었다. 화면에는 무장 순찰대가 제3 거류지를 휘젓고 다니며 무차별적으로 주민들을 체포하는 영상이 계속되고 있었다.

"저건 거짓말이에요."

"알아. 차 안에는 너와 류지호 안보국장밖에 없었지. 하지만 더 중요한 건……."

녹두는 모니터를 가리키며 말했다.

"이게 우리 현실이야. 그들의 말은 언제나 진실이 되고, 우리는 그들의 필요에 따라 이용될 뿐이지. 클론뿐만이 아니야. 동맹시민이 아닌 모든 사람에게 일어나는 일이야. 우리의 삶은 우리가 아니라, 언제나 그들에 의해서 결정되고 있어."

"그래서요?"

"지금까지 네 삶은 네 것이 아니었잖아. 넌 단 한 번도 진짜 너로 살아 본 적이 없었어. 네가 네 삶의 무게를 감당해 본 적이 없었다는 뜻이야. 그게 누구일지라도 살아 있는 한, 삶은 자신의 것이어야 해. 하지만 현실은 방금 본 대로야. 우리는 늘 그들의 입맛에 따라 그저 사용되고, 거부하면 폐기되지. 그들은 기자들의 입을 빌려 모든 잘못이 우리에게 있다고 말하고 있어. 이게 지금 우리에게 벌어지고 있는 일이야."

"결국 저에게는 이번에도 선택의 여지는 없는 거네요. 내가 세인이 아님에도 불구하고 세인의 삶을 대신 살아야 했던 것처럼 말이에요."

"아니, 이제 더 이상 너에게 강요하지 않을게. 너에게는 힘든 일일 테니까. 반시연대의 그 누구도 강요에 의해 그 자리에 있는 사람은 없어. 나도 마찬가지고. 클론이든, 동맹시에서 쫓겨난 보통 사람이든, 자신의 삶을 살고자 하는 사람들이 스스로 동참한 거야. 지금 수많은 클론이 우리를 희망으로 믿고 있어. 생각해 봐. 누군가 나를 필요로 한다는 건 정말 고마운 일이잖아. 리아도 그랬어. 적어도 세인, 아니 네가 스스로 선택할 기회는 주어야 하지 않겠느냐고. 왜 태어났고, 왜 죽는지 모르게 내버려 둘 수는 없다고. 우리와 함께할지 말지는 네가 판단하고 선택해."

나는 혼란스러움을 느꼈다. 내가 무언가를 판단하고 선택해 본 적이 있었던가, 기억을 더듬어도 떠오르지 않았다.

"난 잠시 나갔다 올게. 진통제는 침대 머리맡에 두고 갈 테니까, 필요하면 한 알씩 먹어. 그리고 이건 네 인식표야. 당분간 여기서 지내야 할 테니까."

그렇게 말하고 녹두는 방에서 나갔다. 기운이 쭉 빠진 나는 침대에 기대어 넋을 놓고, 맞은편 창밖을 오래도록 바라보았다.

"처음에 그들은 생명 연장을 위해서 우리의 몸을 빼앗았어. 그런 다음에는 도시를 유지하기 위한 도구로 우리를 사용했지. 그것도 모자라 이제는 그들의 순간적인 즐거움을 위해 클론은 희생되어야 해."

몇 번이나 그 말을 곱씹다가 진통제 여러 알을 입속에 삼켰다. 그리고 침대 위에 아무렇게나 누웠다.

눈물이 흘렀다. 왜인지는 알 수 없었다. 양쪽 뺨으로 흘러내리는 눈물을 닦지 않고 눈을 감았다. 눈물 때문인지 왼쪽 뺨에 쓰라린 통증이 더해졌지만, 고개를 돌리지 않았다. 그것마저 내가 온전히 감당해야 할 고통처럼 느껴졌다.

머릿속에 온갖 기억들이 뒤범벅되어 엉켰다. 처음 만난 날, 패티 티슈가 아니냐고 묻던 녹두, 메디컬 센터의 차가운 침대에서 들었던 섬뜩한 말들, 뜻밖에도 오랜 형제 같았던 세인, 자신이 그린 그림처럼 내내 아무 말이 없던 장미의 여자, 내 머리에 총을 겨누었던 아빠까지. ……그리고 무엇보다 거리에서 마주친 나와 같은 수많은 패티 티슈들. 나는 그들을 반복적으로 떠올렸다. 그리고 마침내 외눈박이 소녀와 소녀의 목소리까지. 내 눈을 돌려주세요. 제발, 내 눈을 돌려주세요…….

"으악!"

소리를 지르면서 눈을 떴다. 어느새 잠이 들었던 모양이다. 온몸이 식은땀으로 젖어 있었다. 나는 한참 동안 심호흡하고 나서야 정신을 차릴 수 있었다.

'도대체 내가 무슨 짓을 한 거야?'

꿈이 너무나 생생해서 숨이 막혔다. 자꾸만 누군가 목을 조이는 것 같았다. 얼마나 시간이 지났는지 확인할 길이 없었다. 창밖은 잠들기 전과 다름없이 환했다.

몸이 무거웠지만 나는 일어났다. 외투를 걸치면서 녹

두가 준 인식표도 챙겼다. 얼굴의 붕대를 풀까 잠시 고민했지만 그대로 두었다.

불안한 기분으로 엘리베이터를 타고 건물 바깥으로 나왔다. 롯 타워는 하늘을 찌를 듯한 위용을 자랑하고 있었다.

나는 셔츠 깃을 올리고 고개를 푹 숙인 채 걸었다. 몇몇 패티 티슈가 다리를 붙잡았지만 그냥 지나쳤다. 그들에게 내줄 것도 할 말도 없었다.

계속 걸었다. 골목을 걷다가 큰길이 나오면 그 길을 따라서, 다시 골목이 눈에 띄면 그 안으로 들어갔다.

목적지가 있는 건 아니었다. 그저 끈질기게 따라붙는 생각들을 떨치고 싶었다.

'내가 나로 살아간다는 건 어떤 의미일까. 골목을 전전하며 안다미로를 찾아 겨우 하루하루를 연명하는 클론이 자신의 삶을 산다는 게 정말로 가능한 일일까. 반시연대, 그들은 어떻게 살고 있는 걸까.'

그때 누군가와 어깨가 부딪쳤다. 바닥만 보고 걷느라 모퉁이에서 나타난 남자를 보지 못한 탓이었다. 올려다보니 덩치가 꽤 큰 남자가 인상을 잔뜩 쓰고 있었다.

"뭐, 뭐가 그, 그렇게 우, 웃겨? 우, 우리가 우, 웃겨?"

남자는 아주 심하게 말을 더듬었다. 씻지 않아서 덥수룩하고 엉겨 붙은 머리를 연신 까닥거렸다. 나는 옆으로 가려 했지만 그는 길을 막았다.

"무, 물었잖아. 왜, 우, 웃었……."

"그쪽 때문에 웃은 거 아니에요."

"기, 기분 나, 나쁘다고!"

"맞아. 나도 봤어. 우리를 비웃었다고."

남자 뒤에 있던 다른 남자들이 끼어들었다.

"붕대를 풀어 봐. 어떤 놈인지 봐야 해!"

갈비뼈라도 떼어 냈는지 오른쪽 어깨가 심하게 축 늘어진 남자와 칼로 베어 낸 듯 왼쪽 머리가 반듯하게 잘려 나간 남자, 그리고 유독 팔뚝이 굵은 남자가 다가왔다.

나는 뒤로 한 걸음 물러났다. 분위기가 심상치 않아 피하는 게 좋겠다는 생각이 들었다. 등을 돌렸지만 남자가 어깨를 붙잡았다. 재빨리 그 팔을 쳐내고 몸을 낮춰 오른발로 말을 더듬던 남자의 왼쪽 무릎을 돌려 찼다.

"어억!"

남자가 비명을 지르면서 옆으로 넘어졌다. 골목 한쪽에 쌓여 있던 쓰레기 더미가 와르르 무너지면서 먼지가 일어나 주변을 뽀얗게 덮었다. 주위의 다른 사람들도 소리를 질렀다. 말을 더듬던 남자 뒤에 서 있던 남자들을 비롯해 골목길 여기저기 누워 있던 패티 티슈들이 일어나 다가왔다.

나는 졸지에 그들에게 둘러싸였다. 얼핏 돌아보아도 열 명은 족히 될 듯했다. 사방을 둘러보니 빠져나가기가 쉽지 않을 것 같았다.

"저놈이 우리를 보고 비웃었어."

"낯선 놈이야. 무장 순찰대가 보낸 끄나풀일지 몰라."

사람들이 나를 경계하며 다가왔다. 눈빛이 하나같이 적대적이었다. 나는 오른쪽 담장 쪽으로 슬쩍 물러났다. 벽에 난 구멍을 밟고 위쪽으로 뛰어오를 참이었다.

그런데 그때, 바닥에 쓰러져 있던 남자가 내 왼쪽 발목을 붙잡았다. 뿌리치려고 애썼지만 생각보다 손아귀 힘이 억세 쉽지 않았다. 걷어차도 잠깐 주춤댈 뿐 소용없었다. 그사이 사람들이 점점 더 가까이 다가왔다. 저마다 손에 몽둥이와 부서진 벽돌을 들고 있었다.

'도망치기 위해서는 별수 없어.'

나는 발아래에 놓인 돌멩이를 주워 들었다. 그리고 내

발목을 잡은 남자의 손을 내리찍기 위해 겨냥했다.

"잠깐만요. 안 돼요!"

그때, 사람들 틈에서 외침 소리가 들렸다. 소리가 난 쪽을 돌아보는데 한쪽 어깨가 축 늘어진 남자 뒤편에서 익숙한 실루엣이 튀어나왔다. 은별이었다.

"모두 진정하세요! 이분도 우리와 같은 패티 티슈예요."

은별이 몰려든 사람들을 향해 외쳤다.

"은별, 네가 아는 사람이니?"

"네, 예전에 저를 구해 주신 분이에요. 녹두 누나도 잘 알고요. 우린 한편이에요."

"정말이야?"

"정말이에요. 믿어도 돼요. 그리고 이거 안다미로예요. 녹두 누나가 나누어 주라고 했어요. 아껴 쓰래요. 서로 많이 갖겠다고 싸우지 말고요. 아셨죠?"

"걱정하지 마. 우리가 알아서 할게. 녹두한테 고맙다고 꼭 전해 줘."

"역시 녹두밖에 없어."

나를 둘러싸고 있던 사람들은 은별이 건넨 검은색 가방을 뒤져 빨간 봉투를 하나씩 가져갔다. 도무지 무슨 일이 일어나고 있는 건지, 나는 멍하니 지켜볼 수밖에 없었다.

"그, 그래도 비, 비웃었다고……."

덩치 큰 남자는 일어나 손을 털더니 말했다. 그는 여전히 못 미더운 듯 나를 힐끗거리면서 사람들 틈으로 사라졌다.

"이제 가요. 아직 치료가 다 끝나지도 않았는데 어딜 그렇게 다니는 거예요?"

은별이 내 팔을 잡아 이끌었다. 녀석은 큰길로 나가더

니 롯 타워 쪽으로 방향을 잡았다.

"이틀이나 잠만 자더니, 이제 좀 괜찮은 거예요?"

"이틀? 내가 그렇게 오래 잤어?"

"진통제를 여러 알 먹었잖아요. 거기에 수면제가 섞여 있었어요."

"아……. 그런데 넌 언제부터 나를 따라다닌 거지?"

"따라다닌 건 아니에요. 녹두 누나의 심부름으로 안다미로를 나누어 주러 왔다가 우연히 발견한 거예요."

"안다미로를 나눠 줘?"

이해할 수가 없어서 물었다. 힘겹게 일해야 겨우 구할 수 있다는 안다미로를 나누어 준다니?

"누나는 오래전부터 이곳 사람들에게 안다미로를 무료로 나누어 주었어요. 일을 할 수 없어서 안다미로를 전혀 구할 수 없는 사람들에게 말이에요. 급하면 자기 몫까지도요."

"자기 몫이라니?"

"녹두 누나도 이제 안다미로가 없으면 생명 연장이 힘들어요. 벌써 몇 달 됐어요."

"무슨 말이야? 그럼 녹두도 클론이란 거야?"

"몰랐어요?"

가슴이 덜컥 내려앉았다. 나는 길가에 주저앉았다. 은별이 옆으로 다가와 나란히 앉았다. 흙먼지가 뒤섞인 바람이 텅 빈 도로를 한차례 휩쓸고 지나갔다.

"몸은 괜찮아요? 누나가 더 치료받아야 한다고 했는데."

"……괜찮아. 그것보다 녹두가 클론이라고?"

"네. 휴먼 AI 2세대 모델이에요. 난 형이 알고 있는 줄 알았어요."

나는 고개를 저었다. 그런 생각은 해 본 적도 없었다. 돌이켜 보면, 그녀가 제3 거류지에 사는 것부터 의심할 여지가 많았는데도 불구하고.

"누나의 원체는 졸업을 앞둔 의대생이었는데 제3 거류지 시민의 시체로 해부학 실습을 하다가 바이러스에 감염되었다고 했어요. 지독한 통증과 함께 온몸 곳곳의 피부가 쭈글쭈글하게 타들어 가는 병에 걸렸다나 봐요. 병명도 원인도 알 수 없었고요. 해수면 상승으로 도시의 절반이 물에 잠긴 이후에 발생한 신종 바이러스 때문이라는 것밖에는요. 그래서 누나의 원체는 몇 년 동안이나 무균실에서 치료를 받았대요. 그사이 녹두 누나가 태어난 거죠. 누나가 의학을 잘 아는 건 원체의 기억을 받아서예요."

항상 나를 위험에서 구해 줄 수 있었던 이유를 이제야 알 것 같았다. 이야기를 들을수록 속이 쓰렸다.

"녹두 누나는 틈만 나면 의료 봉사를 다녔대요. 원체의 기억이 이식되었기 때문이었을 거예요. 원체의 아버지가 극렬하게 반대했지만 제3 거류지를 돌아다니면서 봉사 활동을 해서 이곳을 누구보다도 잘 알아요. 그러다가 하필이면 제3 거류지에서 오작동을 일으켜서 폐기될 뻔했대요. 그때 누나를 살린 사람이 누구인지 알아요?"

"……?"

"반시연대 사람이었대요. 그중에는 클론도 있었고요. 누나는 그때 자기가 짐승만도 못한 취급을 받는 클론이란 사실을 알게 되었고, 처음에는 그 사실에 미칠 것만 같았대요."

"…….."

녹두에 대해 알지 못했던 사실이 하나하나 밝혀질 때마다 가슴이 심하게 요동쳤다.

"결국 누나는 원체의 삶을 대신 살지 않기로 결심하고 이곳에 머물렀어요. 원체를 찾아가지도 않았고요. 그냥 자신의 삶을 살고 싶었대요. 그리고 자신과 같은 클론을 돕고 싶다고……."

나는 벌떡 일어났다.

"왜요? 또 어딜 가려고요?"

은별이 따라 일어나면서 물었다. 하지만 나는 대답하지 않고 걸었다. 아니, 뛰었다. 롯 타워가 눈앞에 들어올 때까지. 머릿속에는 녹두가 했던 말이 끊임없이 맴돌았다.

"누군가 나를 필요로 한다는 건 정말 고마운 일이잖아."

반짝이는 무덤

녹두는 좀처럼 돌아오지 않았다. 며칠 동안 은별이 붕대를 갈아 주었고, 나는 말 잘 듣는 동생처럼 가만히 앉아 치료를 받았다. 그 덕분인지 얼굴에 상처는 남았지만 통증은 줄어들었다. 하지만 시간이 지날수록 초조하고 불안했다. 무엇보다 녹두에게 묻고 싶은 것이 많은데 당사자가 없으니 답답했다.

나는 낮에는 사람들의 눈을 피해 제3 거류지를 산책하듯 돌아다녔고, 밤이 되면 수많은 모니터 앞에서 현란하게 키보드를 두드리는 은별을 쳐다보며 시간을 보냈다. 은별에게 뭘 하느냐고 물으면, 은별은 그저 "이것저것이요"라고 대충 둘러댔다. 그렇게 싱겁게 대답하다가도 가끔은 "형, 이것 보세요. 제가 옛날 자료를 모두 뒤져서 롯타워와 주위의 지하 통로를 모두 찾아냈어요. 혹시라도 무장 순찰대가 공격해 오면 우리에게 좋은 탈출로가 될 거예요"라든가 "제가 방금 동맹시청 메인 컴퓨터를 해킹했는데 이상한 서류를 하나 발견했어요. 동맹시 사람들이 제2의 동맹시를 세우려 해요. 바로 이곳 제3 거류지에 말이에요. 녹두 누나에게 알려 줘야겠어요" 같은 말을 했다.

뭔가 무서운 느낌이 들었지만, 나는 듣고 흘려 버렸다. 그런 것까지 머리에 담아 둘 여유가 없었다. 나는 오직 왜 녹두는 자신이 휴먼 AI라는 것을 내게 말하지 않았을까, 하는 궁금증에 휩싸여 있었다.

3일이 지난 후에야 녹두가 돌아왔다. 산책을 마치고 점심쯤 롯 타워로 돌아왔을 때, 녹두는 기다리고 있었다는 듯 나를 맞았다.

"무사했구나. 오늘 미세 먼지가 유독 심했는데 괜찮았어? 이런 날 상처 부위를 오래 노출하면 좋지 않아."

녹두는 미소를 지었다. 왜 정체를 감추고 아무 말도 하지 않았느냐고 당장이라도 화를 내고 싶었지만 막상 그녀의 웃는 얼굴을 보니 말이 나오지 않았다.

"이리 와서 앉아 봐. 상처 좀 보자."

나는 소파 한쪽에 앉았다. 녹두는 위생 장갑을 끼고 내 얼굴의 붕대를 풀어 상처를 살폈다.

"염증이 가라앉고 있어. 확실히 빠르네. 너는 다른 3세 대보다도 훨씬 회복이 빠른 것 같아. 이대로 아물기만 하면 되겠어. 나중에 피부 성형만 하면 될 거야. 지금 알아보고 있으니까⋯⋯."

"아니, 괜찮아요. 당장 생명에 지장이 있는 건 아니잖아요."

나는 억지로 미소를 지어 보였다. 그런 내 반응이 의외였는지 녹두는 살짝 놀란 듯했다.

"천천히 해도 괜찮아요. 수술을 못 하게 돼도 할 수 없고요."

어차피 동맹시로 들어갈 수 있는 인식표가 없으니 수술받을 만한 곳은 없다. 누가 패티 티슈를 치료해 주려 할까, 그것을 녹두도 모르지 않을 것이다. 녹두의 착잡한 표정을 보며 나는 품고 있던 말을 꺼냈다.

"왜 내게 아무 말도 하지 않았죠?"

"무슨 말?"

"당신도 나와 같은 휴먼 AI라는 것 말이에요."

"그건 내게 중요하지 않아."

"내게는 중요해요."

녹두는 대답하지 않고 얼굴의 상처를 치료하는 데만 열중했다. 오기가 생긴 나는 계속해 물었다.

"당신은 패티 티슈를 위해서 일하는데, 어린애처럼 이런 일에 집착하는 내가 한심해요?"

"난 그런 말 한 적 없어."

"그렇게 느껴져요. 하지만…… 살아 볼게요."

나는 문득 말했다. 내 입에서 나온 말 같지 않았지만, 그래도 내가 한 말이었다.

"뭐?"

"당신이 원하는 대로 세인과는 상관없는 내 삶을 살겠다고요. 스스로 감당해 보겠다고요. 나보고 그러라는 거잖아요."

녹두는 상처를 소독하던 손을 멈추고 나를 뚫어져라 쳐다봤다. 눈을 맞춘 채로 나는 말을 이었다.

"……하지만 어떻게 해야 할지 모르겠어요."

녹두는 선뜻 입을 열지 않다가 상처 소독을 마친 뒤에야 비로소 말했다.

"솔직히 이야기해도 돼?"

나는 고개를 끄덕였다. 그러자 녹두가 매우 결연한 표정으로 말했다.

"게임 속으로 들어가!"

예상하지 못한 말이라 그녀를 한참이나 쳐다보았다. 녹두는 그런 나의 시선을 받기만 할 뿐 말이 없었다. 나는 신중하게 물었다.

"나더러 몹이 되란 뜻인가요?"

"닥터 솔로몬이라고 불리는 사람이 있어."

녹두는 테이블에 흩어져 있던 약품을 정리하면서 그렇게 운을 떼었다. 나는 그 이름을 듣고 적잖이 긴장했다. 주치의의 입을 통해 들은 적 있는 이름이어서 그런지도 몰랐다. 침을 꿀꺽 삼키고 다음 말을 기다렸다.

"그는 휴먼 AI 3세대의 개발자이자, 4세대 개발의 키워드를 쥐고 있는 사람이었지. 그는 어느 날 동맹시에서 사라져 한동안 보이지 않았어. 그런 그가 3년 전쯤 제3 거류지에 나타났어. 이곳에서 그는 클론을 돕고 반시연대를 후원하기 시작했어. 너와 나 같은 휴먼 AI들을 업그레이드해 주고, 패티 티슈의 생명 연장을 위해 애썼지."

"닥터 솔로몬이요?"

"그래. 그는 수많은 클론에게 구원자나 다름없었어. 안다미로도 처음엔 그의 손에서 만들어졌어. 지금은 싸구려 제약 회사에서 만들고 있지만……. 하지만 어떤 문제가 있는 건지 안다미로를 복용한 클론은 몸에 이상 증상이 생겨. 어떤 이들은 머리에, 어떤 이들은 팔이나 다리에."

나는 고개를 끄덕였다. 길거리에서 만났던 머리가 깨지고, 얼굴이 일그러진 클론들의 모습들이 머릿속을 스쳐 지나갔다.

"그는 1년 전쯤 사라졌어. 누군가 그를 납치한 거야. 처음에는 동맹시 사람들이 다시 데려갔으리라 생각해서 동맹시 곳곳을 뒤졌지만 찾을 수 없었어. 그런데 몇 달 전, 은별이 닥터 솔로몬의 행방을 알아냈어. 일주일쯤 꼬박 밤을 새면서 통신망을 해킹한 결과지. 지금 닥터 솔로몬은 고스트와 함께 있어."

"고스트라면 로즈 게임 개발자를 말하는 거예요? 그가 왜 닥터 솔로몬을……?"

"게임을 위해서야. 게임 중에 패티 티슈가 죽거나 크게 다치면 더는 몹으로 활동할 수 없게 되는데 게이머는 계속 늘고 있지. 그거 알아? 동맹시에서 이 게임을 합법화하려는 움직임이 있다는 사실 말이야. 반시연대에 도움을 주는 동맹시 사람들이 알아낸 정보니 아예 틀린 말은 아닐 거야. 만약 그렇게 되면……."

"그럼 클론은 말 그대로 패티 티슈가 되는 거네요, 가축처럼."

"그래. 게다가 위성지구에서 밀려난 사람들까지 살기 위해서 스스로 게임에 뛰어들지. 그 덕분에 게이머는 동맹시 상류층에서 이제는 중산층까지 그 범위가 넓어지고 있어."

"그런데 게임이 잘되고 있다면 고스트가 뭐가 아쉬워서 닥터 솔로몬을 데려간 거죠?"

"보다 완벽한 게임을 만들기 위해서지. 모든 게임은 상대가 강할수록 재미있잖아? 도전하려는 의지도 생기고."

어렴풋이나마 그 의미를 알 것 같았다. 나도 모르게 몸이 떨렸다.

"지금 로즈 게임은 게이머들이 너무 손쉽게 게임에서

이기지. 몸이 훈련되지 않았기 때문이야. 하지만 생각해 봐. 게임에 빠진 사람들이 한 번 졌다고 게임을 포기할까? 도리어 너무 손쉽게 이기게 되면 이제 시시하다고 그만두 겠지."

"그럼 몹이 더 많이 이겨야 게이머들이 게임에 계속 돈 을 쓰겠군요."

"맞아. 닥터 솔로몬은 보다 강한 몹을 만들려는 거야. 그냥 거리를 떠돌다가 하는 수 없이 게임에 들어와서 픽 픽 쓰러지는 허약한 몹이 아니라, 게이머들로 하여금 강 한 도전 의식을 갖게 할 수 있는 훈련된 몹 말이야."

"그럼……."

"그래. 고스트는 닥터 솔로몬의 힘을 빌려 최적화된 몹 을 만들려는 것 같아. 수십 년 전 인터넷 게임으로만 존재 했던 게임들이 이제 현실에 펼쳐지는 거지. 어쩌면 고스 트는 클론으로 죽지 않는 몹을 만들려고 할지도 몰라."

"네?"

"너는 중급 레벨의 로즈 게임만 해 봤겠지만, 상급 레벨 의 로즈 게임은 정말로 위험하고, 실제로 죽는 클론들도 꽤 많아."

죽지 않는 몹이라니. 그럼 클론은 동맹시의 필요에 의해 만들어지고, 쓰이다가, 이제 온전히 죽지도 못하고 온몸이 너덜너덜해질 때까지 사용된단 말인가? 나는 떨리는 손을 들키지 않으려 주먹을 꾹 쥐었다.

"물론 그런 건 중요하지 않아. 우리가 원하는 건 모든 클론이 안다미로로 하루씩 생명을 연장하는 게 아니라, 병에 걸리지 않는 한 자신의 생명을 다 누리는 거야."

"하지만 애초에 클론은 유전자 조작을 통해서 빠르게 성장하고 일정 시간이 지나면 폐사되도록 설계되었다고 했잖아요. 혹시 그 비밀을 닥터 솔로몬이 알고 있는 건가요?"

"응. 그는 클론의 유전자 지도에 해박하고, 휴먼 AI를 설계한 장본인이라서 닥터 솔로몬을 찾아 데려올 수만 있다면 클론의 생명을 연장할 수 있는 방법도 알아낼 수 있을 거고, 고스트 쪽에서 시도하는 음모도 파악할 수 있을 거야."

"어떻게든 닥터 솔로몬을 찾아야겠군요. 그러기 위해서는 고스트에게 접근해야 하고요. 하지만 어떻게……?"

"게임에 참가해. 네가 몹이 되어서 게이머를 계속 이

겨.”

몇 달 전만 해도 게이머였던 내가 몹이 되어야 한다고? 헛웃음이 나올 것 같았다. 그러나 클론인 내게 선택지는 많지 않을 것이다.

“이기면요?”

“그러면 고스트가 만나자고 접근할 거야. 그에겐 능력자가 필요하거든. 놈은 장사꾼에 불과하니까. 그런 다음 닥터 솔로몬의 행방을⋯⋯.”

그때 바깥에서 요란한 기척이 들리더니 곧 은별이 뛰어 왔다.

“누나, 무장 순찰대가 거류지 쪽으로 진입했어요.”

“그게 무슨 소리야? 거류지 주민들이 동맹시 남문 쪽에서 시위한다고 하지 않았어?”

“그랬죠. 얼마 전에 안보국장 교통사고를 거류지 사람들에게 덮어씌우려고 막 잡아들였잖아요. 그걸 항의하는 시위를 한다고 했어요. 그런데⋯⋯.”

은별의 말을 들은 녹두는 벌떡 일어나 한쪽 벽면에 놓인 모니터를 켰다. 나도 녹두를 따라갔다.

가장 오른쪽 모니터를 보니 검은색 장갑차 십여 대가

제3 거류지로 통하는 중앙대로를 질주하고 있었다. 얼핏 보면 무슨 테러라도 일어난 것 같았다.

다른 화면에서는 그들의 진짜 '테러'가 펼쳐지고 있었다. 사람들이 장갑차에 치여 피를 흘리며 쓰러졌고, 도로 주변에 늘어서 있던 상점들이 뭉개졌다. 온갖 과일과 채소가, 껍질이 벗겨진 닭과 생선이 거리를 나뒹굴었다. 어떤 사람은 달아나기 바쁘고, 어떤 사람은 건물 틈에 숨어서 벌벌 떨었다. 나는 놀라 입을 벌린 채 모니터를 바라봤다.

"거류지 주민들은 동맹시 남문 근처에서 시위 중이었어요. 이번에는 과격하지도 않았고, 그냥 구호나 외치고 노래를 부르던 정도인데, 갑자기⋯⋯."

이 사태가 마치 제 잘못이라도 되는 양 은별이 더듬거리며 말했다.

"이놈들이 정말 왜 이렇게 제3 거류지를 못 살게 구는 거지? 네 정보가 사실일까?"

녹두가 은별을 바라보았다. 나는 문득 엊그제 은별이 동맹시청을 해킹했다고 떠들던 것을 기억해 냈다. 잠시 후, 긴 숨을 내쉬던 녹두가 다시 모니터를 바라보다 옷을 걸쳐 입었다.

"사람들이 많이 다쳤어. 가 봐야겠어. 너희들은 여기 꼼짝 말고 있어."

녹두는 말릴 새도 없이 밖으로 뛰어나갔다. 나는 모니터를 다시 살폈다. 하나하나가 끔찍하고 살벌했다.

중무장한 순찰대 요원들은 골목까지 휘젓고 다니면서 사냥하듯 사람들을 검문하고 때려눕혔다. 행인을 불러 세워 인식표를 확인했다. 조금이라도 머뭇거리거나 인식표가 없는 사람들은 그 자리에서 전기충격봉으로 내리쳐 끌고갔다. 그리고 플라스틱 총을 난사해 도망치는 사람들을 픽픽 쓰러뜨렸다.

또 다른 모니터에서는 기형적인 얼굴을 한 몇몇의 패티 티슈가 겁에 질려 도망치고 있었다. 근력 강화 조끼를 입은 무장 순찰대 요원이 다가가 한 손으로 그의 목을 움켜쥐더니 바닥에 팽개쳤다. 그는 일어나려고 버둥거렸지만 다시는 일어나지 못했다. 그들의 머리 위에는 드론 수십 대가 날아다니고 있었다.

왼쪽 끝 모니터에서는 동맹시의 공영 방송 뉴스가 나왔다.

"……그리하여 현재 무장 순찰대 요원들은 폭력 시위

를 벌이던 불순분자를 체포하기 위해 부득이하게 제3 거류지에 진입하였습니다. 덕분에 소요 사태는 진정되었으며 제3 거류지는 평화로운 일상을 되찾았습니다. 무장 순찰대 요원과 주민들 사이에 약간의 긴장이 감돌긴 했으나, 순찰대 측의 평화적인 검문검색과 주민들의 협조로 불미스러운 일은 일어나지 않았습니다. 동맹시 측은 앞으로도 자유와 평화를 위협하는 세력에 대해서는 단호한 조치를 취할 것이며, 제3 거류지 주민들에게는 안정과 평화를 보장할 것이라고 약속하고…….”

가슴속에서 뜨거운 것이 올라왔다.

“저건 거짓말이잖아요!”

은별이 어이없다는 듯 분에 차서 외쳤다. 나는 몸을 돌려 문 쪽으로 향했다.

“어디 가요? 여기에 가만히 있으랬잖아요.”

“그렇다고 정말 가만히 있을 순 없잖아. 아이들과 노인들이 있어. 뭐든 해 봐야지.”

나는 복도로 나섰다. 은별은 잠시 머뭇거리는 듯하더니 뒤따라왔다.

복도를 걷고 엘리베이터를 타고 내려가는 동안, 내가

세인인 줄 알고 살았던 때가 생각났다. 그때는 모든 사람이 동맹시 사람들처럼 사는 줄 알았다. 위성지구나 거류지가 있다는 것은 알았지만, 그곳에는 그저 조금 게으른 사람들이 살고 있고, 그래서 동맹시 시민과 같은 혜택을 누릴 수 없을 뿐이라고 믿었다. 그런데 아니었다. 거류지에 사는 사람들은 동맹시를 유지하기 위한 도구에 불과했다.

"뭘 하려고요?"

"구해야지, 저 사람들……."

"지금 그 몸으로요? 아직 다 낫지도 않았잖아요. 우리가 할 수 있는 일이 별로 없을 거예요."

"있을 거야. 그게 무엇일지는 몰라도 나에게 맞는, 아니 내가 할 수 있는 일이."

나는 스스로에게 다짐하듯 단호하게 이야기했고, 은별은 의아하다는 듯 나를 쳐다보았다.

곧 엘리베이터 문이 열렸다. 어디선가 폭발 소리가 연달아 들렸다. 나는 조급함을 느끼며 엘리베이터에 탔다.

엘리베이터는 여러 번 덜컹거린 끝에 어느새 3층에 다다랐다. 나는 문이 다 열리기도 전에 뛰어나갔다. 복도를 달려 계단을 지나 1층 로비를 순식간에 통과했다. 은별이

헉헉대며 따라왔다.

롯 타워 앞 거리가 부산스러웠다. 사람들이 이리저리 뛰어다녔다. 나는 어느 쪽으로 갈지 두리번거리다가 동맹시 남문 방향으로 달렸다. 그쪽에서 사람들이 달려오고 있었다. 사람들은 건물이나 골목으로 숨어들었다.

"돌아가요. 이러다가 순찰대 요원과 마주치면 어떻게 하려고 그래요?"

은별이 팔을 붙잡았다. 하지만 나는 은별을 똑바로 쳐다보고 말했다.

"주민들이 위험한 거, 너도 봤잖아. 그들을 그냥 둘 수 없어."

"나도 알아요. 그렇다고 무장 순찰대가 있는 곳에서 저들을 다 구해 낼 수 없어요."

"그래도……"

은별의 말에 내가 머뭇거리는 순간, 어디선가 날카로운 비명이 들렸다.

"아아악!"

아치형 창문이 연달아 나 있는 왼편 5층짜리 건물 쪽이었다. 나는 밀려오는 사람들을 뚫고 그쪽으로 빠르게 달렸다. 동맹시 쪽 길에서는, 모니터에서 보았던 것처럼 중무장한 순찰대 요원들이 사람들을 몰아세우고 있었다.

비명이 들린 건물 아래쪽에 도착해 주변을 살펴봤다. 폭탄을 맞은 듯 건물 내부에는 온갖 쓰레기와 잔해로 넘쳐났다. 오른편에 계단이 있던 흔적이 남아 있었지만, 다 무너지고 벽 쪽에 녹슨 철근만 튀어나와 있었다. 그 계단 위쪽에서 한 번 더 비명이 들려왔다.

"넌 여기서 기다려!"

나는 은별에게 외치고 재빨리 철근을 붙잡고 오르기 시작했다. 위층도 어수선하기는 마찬가지였다. 문은 부서져 있고, 문짝은 바닥에 뒹굴었다. 반으로 조각난 소파가 방 한가운데 놓여 있었다. 반달 모양으로 무너진 벽 너머에서 인기척이 느껴졌다. 나는 재빨리 벽을 타고 넘었다.

머리에 피를 흘리며 쓰러진 여자와 무장 순찰대 요원의 뒷모습이 눈에 들어왔다. 그리고 다른 한쪽 구석에는 잔뜩 몸을 웅크린 채 떨고 있는 아이가 있었다. 외눈박이 소녀가 생각났다. 눈앞에 있는 아이가 패티 티슈인지, 아니면 위성지구에서 쫓겨난 하층민인지 알 수 없었지만 나는 아이를 구하겠다고 결심했다.

요원은 전기충격봉을 든 채 아이에게 다가가고 있었다. 분노가 치밀었다.

"살려 주세요!"

아이가 간절하게 외쳤다. 나는 있는 힘껏 내달아 요원의 어깨를 들이받았다.

요원은 비명을 지르며 저편으로 넘어져 벽 아래에 처박혔다. 놈에게 달려가 주먹질이라도 하고 싶었지만 아이를 먼저 구해야 했다. 나는 아이에게 손을 내밀었다.

"이리 와!"

아이는 큰 눈을 깜빡이며 나를 쳐다보았다. 내 얼굴 때문인지 약간 주저하는 듯했다. 안심하라는 의미로 나는 미소를 지었다. 그제야 아이가 내 손을 잡았다. 나는 아이를 업고 달리기 시작했다.

"웬 놈이야! 거기 서지 못해!"

뒤에서 놈이 소리를 지르며 뒤쫓아오기 시작했다.

부서진 방문을 지나 복도를 달리고 계단을 올랐다. 또 다른 복도를 한참이나 뛰고 아래로 내려가 그 옆 건물로 달아났다. 간격은 좀 벌어졌지만, 뒤를 돌아보니 요원 둘이 따라오고 있었다. 나는 반쯤 무너진, 벽돌 잔해가 수북이 쌓인 건물 앞에서 걸음을 멈추고 아이를 바닥에 내려놓았다.

"여기서 잠깐만 기다려 줄래? 괜찮아. 아무 일 없을 거야. 알았지?"

그 말에 다행히도 아이는 고개를 끄덕였다. 나는 아이를 두고 요원들을 향해 걸어갔다.

'내가 왜 이러는 걸까?'

나는 주먹을 쥔 채 다가오는 요원들을 쳐다보았다. 잠자리 머리 같은 까만 헬멧과 은빛의 매끈한 제복, 그 위에 덧걸쳐 입은 검붉은 색의 근력 강화 조끼. 그리고 어깨의 또렷한 숫자, 371과 221.

나는 한발 앞서 오는 221 요원을 노렸다.

"패티 티슈, 무릎을 꿇고 생체 스캔에 응하라!"

221 요원이 말했다. 하지만 나는 무시하고 그 순간부터 빠르게 달리기 시작했다. 동시에 바로 앞에 있는 벽돌 조각을 발로 걷어찼다.

"허억!"

벽돌은 곧장 날아가 221 요원의 헬멧을 맞췄다. 요원이 비명을 지르며 뒤로 넘어지면서 헬멧이 벗겨졌다. 그러자 371 요원이 앞으로 나서며 전기충격봉을 휘둘렀다. 나는 손쉽게 피하고 그의 어깨를 거칠게 밀쳤다. 그는 건물 벽에 부딪혔고 퍽, 소리와 함께 그 자리에 쓰러졌다.

그사이 벽돌에 긁힌 헬멧을 어느새 다시 쓰고 221 요원이 달려왔다. 그는 내 어깨를 붙잡아 눌렀다. 근력 강화 조끼 때문인지 힘이 엄청났다. 나는 쉽사리 그 손아귀에서 벗어나지 못했다. 겨우 몸을 옆으로 비틀어 그의 한쪽 무릎을 걷어찬 뒤에야 빠져나왔다.

221 요원은 비명과 함께 주저앉으며 그대로 내 두 다리를 붙잡았다. 그 바람에 나는 옆으로 넘어져 수북이 쌓인 벽돌 더미에 머리를 긁히고 말았다. 부아가 치밀어 올라 그의 턱을 걷어찼다.

요원 둘 다 완전히 쓰러진 것을 확인한 뒤, 나는 아이에게로 갔다. 그리고 놀란 눈을 한 아이를 안아 들었다.

아이는 모든 것을 지켜보고 있었던 듯, 입을 반쯤 벌린 채 나를 바라봤다.

"무서웠니?"

아이는 가만히 고개를 저었다.

"그래. 이제 걱정하지 마. 내가 지켜 줄게."

그 말에 아이는 고개를 끄덕이고는 내 뺨을 어루만졌다. 맹수가 뜯어 먹고 짓밟은 것처럼 엉망진창이 된 내 얼굴을. 치료하기 위해서 녹두가 만진 것을 제외하면 누군가 상처 난 뺨을 쓰다듬어 준 것은 아이가 처음이었다. 울컥, 눈물이 나올 것 같았다.

"엄마한테 가자."

그리고 나는 마을 안쪽으로 걷기 시작했다. 한참을 걸어 들어가자, 피신했던 사람들이 기웃거리며 거리로 나왔다. 무장 순찰대 요원들은 이제 보이지 않았다. 잠시 후, 아이는 아는 곳이 나왔는지 사람들 틈으로 사라졌다.

나는 홀로 롯 타워 쪽을 향해 걸었다. 어디선가 흐느끼는 소리가 들렸고, 고통스러운 신음도 들렸다.

얼마쯤 걸었을까. 땅거미가 지고, 저 앞으로 시장 사거리가 보였다. 그 가운데 부서진 벽돌로 쌓아 올린 탑이 원뿔 모양으로 서 있었다. 탑은 곳곳에 켜진 조명을 받아 크리스마스트리처럼 반짝거렸다. 얼핏 보면 보석이라도 뿌려 놓은 것 같았다.

그것을 가만히 지켜보았다. 사람들이 탑 주위를 돌았다. 어떤 사람들은 두 손을 모으고 기도를 올렸다. 소리를 지르며 울부짖는 사람도 있었다. 둘셋이 모여 부둥켜안고 흐느끼는 이들도 있었다. 어떤 종교 의식 같기도 했다.

막 탑을 향해 두어 걸음 옮기려는데 사람들 틈에서 녹두가 나타났다. 그녀는 나를 알아보고는 다가왔다.

"무장 순찰대와 싸운 거야? 이마에 상처가 났네. 역시 몸이 아직은……."

"괜찮아요. 확인해 보고 싶었을 뿐이에요."

마음과는 달리 말투가 삐딱하게 나왔다. 담담하게 말하려 했는데 내가 듣기에도 투정 부리는 것 같았다.

"확인이라니 무슨 말이야?"

"내가…… 뭘 할 수 있는지 말이에요."

그 말을 들은 녹두가 고개를 말없이 끄덕였다.

반짝이는 탑을 가만히 바라보았다. 녹두도 한동안 그곳을 향한 시선을 떼지 않다가 입을 열었다.

"이런 아름다운 무덤 본 적 있어?"

"……무덤이요?"

"저건 제3 거류지에서 살다가 죽은 사람들의 인식표야. 언제부터인가 사람들은 탑을 쌓고, 그 위에 죽은 자들의 인식표를 걸어 놓았어. 죽어서야 저렇게 반짝거리네.

살아 있을 때 반짝거릴 수 있었다면 좋았을 텐데……."

그 말에 이를 꽉 물었다. 탑이 아니라, 무덤이라니! 무덤이라는 단어의 무게가 가슴을 짓눌러 나는 숨을 길게 내쉬었다.

"이곳 사람들의 장례랄까. 주민들이 죽으면 저런 식으로 추모해. 이곳 주민들은 가족도 없고, 묻힐 곳도 없는 사람이 대부분이야. 그들은 오로지 인식표 하나로만 기억돼. 누구도 자신의 삶을, 자신이 원하는 대로 산 적이 없어. 내 인식표도 언젠가 저곳에서 반짝거리겠지?"

녹두는 웃으며 자신의 목에 걸린 인식표를 만지작거렸다. 내게는 왠지 그 말이 너무나 쓸쓸하게 들렸다. 찬 바람이 부는 게 아닌데도 어깨가 시렸다. 나는 녹두에게 물었다.

"왜죠? 이곳 사람들은 동맹시에 아무런 해를 끼치지 않잖아요?"

"동맹시민들에게 그들이 가진 것을 나누어 달라고 하잖아. 불평등을 이야기하면서 우리의 희생으로 얻어진 것들을 혼자만 누리지 말라고 말하잖아. 롯 타워는 제3 거류지의 상징적인 곳이야. 동맹시의 동맹 타워가 그렇듯이.”

녹두의 눈에 촉촉한 물기가 고였다.

“그런데 이제 동맹시는 제3 거류지 사람들의 마지막 안식처마저 빼앗으려 하고 있어.”

나는 한참 뒤에야 주제를 돌리며 겨우 입을 열었다.

“언제 게임이 열리나요? 여기서 기다리면 된다고 했나요? 참가할게요.”

나는 탑을 바라보면서 대답했다. 그러자 녹두는 갑작스럽다는 듯이 나를 바라보았다. 그리고 무슨 말을 할 듯 입술을 움찔거렸다. 하지만 내가 먼저 입을 열었다.

“어떤 아이한테 한 가지 약속을 했거든요.”

그 짧은 대답을 말을 뱉고 나자 가슴속이 뜨거워졌다.

너를 다시 만나서

이른 새벽, 시장 사거리의 무덤은 여전히 불빛으로 반짝였다. 나는 오래도록 그 무덤을 바라보았다. 새벽의 선선한 바람이 훅 불고 나서야 천천히 시선을 돌렸다.

한때는 부도심이었던 듯 꽤 높은 상가 건물과 주택들이 시장 주변에 들어서 있었다. 하지만 대부분은 골조뿐이었고, 온전한 모습을 갖추고 있는 건물은 몇 개 되지 않았다. 천막과 벽돌을 쌓아 올린 허름한 가게들이 시장을 빼곡하게 채우고 있었다.

새벽인데도 사람들이 꽤 많이 지나다녔다. 오래된 차들이 경적 소리를 내며 오가고, 물건을 팔려고 외치는 사람, 어디론가 급히 뛰어다니는 사람들이 뒤엉켜 있었다.

정신을 못 차리고 있는데 녹두가 내 팔을 툭 쳤다. 그러더니 턱짓으로 탑, 아니 무덤 쪽을 가리켰다. 무척이나 낡은 미니버스 한 대가 탑을 두어 바퀴 돌더니 느릿느릿 남쪽 길로 빠져나갔다. 나는 녹두와 함께 미니버스를 쫓아갔다.

미니버스는 주위가 한산해질 때까지 나아갔다. 나는 부지런히 그 버스를 따르는 다른 사람들을 눈치챘다. 고개를 숙이고 모자를 깊게 눌러쓴 사람들이었다. 머리가 움푹 파이거나 한쪽 귀가 없는 사람도 있었다. 바로 뒤에서 나를 쫓듯 따라오는 키 작은 남자는, 슬쩍 봤을 때는 멀쩡해 보였지만 한쪽 눈이 없었다. 나는 깜짝 놀라 길을 비켰다. 그들 모두 패티 티슈였다.

얼마 지나지 않아 미니버스가 멈췄다. 사람들은 천천히 그 주위로 모여들었다. 버스에서 키가 큰 남자가 내렸다. 왼쪽 이마에 깊은 흉터가 있어 날카로워 보이는 인상이었다. 나는 그가 누구인지 단박에 알아보았다. 도시정벌 게임을 할 때, 터널에서 나와 다로에게 탈출구를 알려주고 사라진 바로 그 남자가 틀림없었다. 그때 입었던 검은 옷도 그대로였고, 팔뚝에 '포레스트'라는 글자가 선명하게 찍혀 있었다.

"내키지 않으면 당장 가지 않아도 돼. 지금 네 생체는 거의 100퍼센트 회복되었지만, 운동량은 좀 부족해. 몸이 다 만들어지면 네 CPU에 생체가 완벽하게 반응할 테니까, 무리할 필요는 없어."

내가 긴장하는 것을 알아챘는지 녹두가 말했다.

"괜찮아요. 자신 있어요."

물론 녹두의 판단이 훨씬 더 정확할 것이다. 하지만 나는 이 정도면 됐다고 생각했다.

지난 한 달 동안 나는 녹두가 시키는 건 무엇이든 했다. 제3 거류지 안팎을 한없이 달리고, 롯 타워 101층을 계단으로 오르내리기를 반복했다. 은별이 보여 준 영상으로 무술과 프리 러닝을 눈으로 익혔다. 내가 과연 할 수 있을까 불안할 때마다 네오 호크가 했던 말을 떠올렸다.

"휴먼 AI는 무엇보다 자신의 의지가 중요해!"

그 말을 되새기며 이를 악물고 몸을 움직였다. 몸은 빠르게 회복되었고, 전체적으로 이전보다 탄탄해진 느낌이었다. 다만, 얼굴은 상처가 아물었어도 상흔이 그대로 남아 흉측했다.

녹두가 갑자기 내 팔을 붙잡아 세우더니 주머니에 뭔가를 넣어 주었다. 엄지손가락보다 작은 막대 모양이었는데 위쪽에 빨간 버튼이 보였다.

"우리가 쓰는 통신기기야. 쉐도우 터널을 통해 연결돼. 말할 때 빨간 버튼을 누르고 말해. 그럼 네 말이 우리에게 모스 부호로 전달되지. 우리가 하는 말도 이 막대의 붉은 버튼을 통해 모스 부호로 전달돼. 버스 타고 가는 동안 모스 부호를 딥 러닝해 두면 도움이 될 거야."

이걸 사용할 기회가 있을까 싶어 대답을 망설였다. 그런 내 마음을 읽었는지 녹두가 가볍게 웃으며 내 어깨를 두드렸다.

"알지? 너는 네 의지만 있으면 웹 어디든 접속해서 딥러닝 할 수 있어. 이제는 너도 알 거야. 너는 남들과 다름없는 인간이지만, 또 완벽한 고성능 컴퓨터야."

그 말에 나는 어금니를 꾹 깨물었다. 컴퓨터라는 말이 익숙해지지 않았지만 고개를 끄덕였다.

"알겠어요. 걱정하지 마세요."

사람들 틈에 섞여 미니버스 출입문 앞에 서 있는 포레

스트를 향해 바짝 다가갔다.

"줄을 서란 말이야!"

포레스트의 말에 열댓 명의 사람들이 한 줄로 죽 늘어섰다. 그는 그들을 한 사람씩 위아래로 살폈다. 게임에 참여할 수 있는지를 확인하는 듯했다. 둘에 하나꼴로 명령하듯 "차에 타!"라고 말했다.

내 차례가 되었다. 나는 모자를 눌러쓴 채, 마스크도 벗지 않고 가만히 서 있었다.

"넌 처음 보는 얼굴인데? 마스크 벗어 봐."

시키는 대로 하자 포레스트가 깜짝 놀라며 뒤로 한 걸음 물러났다.

"헛, 이건 또 뭐야? 어떤 새끼가 얼굴을 통째로 긁어 갔네! 동맹시 새끼들 이젠 하다 하다 별짓을 다 해. 아무튼 너도 차에 타."

내가 차에 탄 뒤에도 네댓 명이 미니버스에 오른 뒤 문이 닫혔다. 미니버스가 출발하자 포레스트가 게임의 규칙을 반복해서 설명했다.

"게이머들이 너희 리더의 손등에 찍힌 장미 문양을 스캔하면 게이머들이 승리한다. 이에 맞서서 너희는 리더를 지키고 게이머의 리더를 찾아 장미 문양의 펜던트를 뜯어낸다. 게이머들에게는 간단한 무기가 지급된다. 하지만 너희는 맨주먹으로만 싸워야 한다."

귀담아듣지 않았다. 그런 규칙 정도는 이미 알고 있었다. 나는 게이머로 참가한 적이 있으니까. 곧 포레스트는 노란색 전자 조끼를 하나씩 나누어 주었다. 내가 받은 조끼에는 C-9라는 숫자가 선명하게 새겨져 있었다. 그것을 입으면서 처음 도시정벌 게임을 하던 날을 떠올렸다. 그 게임의 C-9는 파란색 눈동자에 이마가 유독 튀어나온 사람이었다. 이제는 내가 C-9였다.

어디쯤 왔는지 궁금했지만 확인할 길이 없었다. 앞은 칸막이로, 창은 커튼으로 가려져 있어서 밖을 내다볼 수가 없었다.

시간이 지날수록 왠지 모를 조바심 때문에 답답해 주변을 두리번거렸다. 버스에 탄 패티 티슈 절반은 잠에 빠져 있었다. C-11, C-14, C-3, C-8……. 전자 조끼의 숫자들이 하나씩 눈에 들어왔다. 눈을 감아 봐도 잠은 오지 않고 온갖 생각들만 머릿속에 가득했다. 게임을 할 때, 스마트 건을 맞고 맥없이 쓰러지던 몹의 모습들이 계속해 떠올랐다.

버스는 자주 덜컹거리며 가다 서기를 반복하더니 멈췄다. 앞문이 열리고 동시에 포레스트가 큰 소리로 외쳤다.

"전부 내려!"

버스에서 내리자마자 따가운 햇볕이 내리쬐었다. 반사적으로 얼굴을 찌푸린 채 사방을 돌아보았다. 수십 년째 방치돼 있는 부서진 높고 낮은 건물들, 곳곳에 풀이 자란 아스팔트 길, 또 한편 쌓여 있는 쓰레기 더미. 낯선 듯도 했고, 낯이 익은 듯도 했다.

길게 숨을 내쉬었다. 한마디로 표현할 수 없는 복잡한 감정이 소용돌이쳤다. 이제 나는 게이머가 아니라 몹으로 이곳에 온 것이다.

포레스트가 내 앞으로 다가왔다. 그는 주먹만 한 새까만 기계로 내 손등을 눌렀다. 3초쯤 지나자 내 손등에 붉은색 장미 문양이 새겨졌다.

"유후! 예쁘게 잘 나왔네."

포레스트는 씩 웃으면서 내 어깨를 툭툭 쳤다. 그리고 다른 패티 티슈들을 향해 외쳤다.

"이 자가 리더다! 모두 이자를 지킨다. 너희들이 이기면 돈을 세 배로 준다."

그 말에 사람들이 조금 웅성거렸고, 포레스트가 기세 좋게 외쳤다.

"게임 스타트!"

그 말을 남기고 포레스트는 미니버스에 올라 먼지를 일으키며 멀어졌다.

남은 사람들은 그 자리에서 서성댔다. 몇몇은 나를 힐끔댔지만 서로 눈치만 볼 뿐 나서는 사람이 없었다.

바로 그때였다.

"어억!"

옆에 있던 C-31이 비명을 지르며 비틀거렸다. 그의 전자 조끼에서 불꽃이 튀었다. 얼른 부축했지만 그는 이미 정신을 잃은 뒤였고, 가슴에는 스마트 건의 탄환이 박혀 있었다.

사람들이 빠르게 흩어졌다. 몇몇은 무리를 짓고, 몇몇은 홀로 어디론가 달려가기 시작했다. 나는 어떻게 해야 할지 망설였다. 그런 중에도 스마트 건의 탄환이 발 앞에 와서 박혔다. 저편 5층 건물 베란다에서 사람이 움직이는 모습이 보였다. 게이머일 것이다.

그때 누군가 다가와 내 팔을 끌어당겼다. 전자 조끼에

C-12라고 쓰여 있었다.

"어서 가! 다행히 죽지는 않은 것 같아. 놔두면 포레스트가 알아서 데려갈 거야."

C-12는 내 팔을 붙잡고 골목으로 뛰어갔고, 그 뒤를 한 무리의 몹이 따라왔다. 골목을 이리저리 달리는데 빠직, 소리가 들리더니 바로 앞에서 뛰던 C-12가 앞으로 고꾸라졌다. 그러더니 거품을 물고 온몸을 뒤틀었다. 전자조끼 사이로 스마트 건의 탄환이 파고든 흔적이 보였다. 타는 냄새와 함께 탄환이 들어간 주위가 검게 변했다.

"정신 차려!"

나는 급한 대로 나뭇가지를 주워 C-12의 입을 틀어막고 몸을 붙들었다. 하지만 그의 발작은 그치지 않았다.

"뭐 해? 그냥 버리고 가. 네가 여기서 붙잡히면 안 된다고!"

누군가 달려와 나를 끌어당겼다. 어깨에 C-3이란 표식이 보였다. 손길을 뿌리치려 했지만 C-3이 강제로 나를 일으켜 세웠다.

"지금 게이머들이 따라오는 거 안 보여? 쟤는 이미 죽었어. 포기하란 말이야."

"그게 무슨 말이야?"

나는 벌떡 일어났다. 순간 낯익은 얼굴이 거기에 있었다.

"다, 당신……?"

네오 호크였다. 아까는 얼굴을 숙이고 있었던 탓에 알아채지 못한 것이다. 그는 나를 알아보지 못하는 듯했다. 흉측하게 변한 내 얼굴을 그가 바로 알아볼 리 없었다.

"게이머들의 스마트 건이 얼마나 강력한 줄 알아? 총에 맞으면 기절한다고 말은 하지만 사실상 절반 가까이 죽어. 패티 티슈들은 전기 충격에 취약해. 보통 사람들과 다르다고."

나는 어떻게 반응해야 할지 몰라 잠시 가만히 있었다. 그가 답답하다는 듯 말했다.

"너, 정말 모르냐? 패티 티슈는 대부분 만들어질 때부터 원체에 사용될 장기 위주로 영양을 공급받게 돼. 그래서 다른 부분들은 아주 허약하다고. 게다가 이 전자 조끼는 반복 사용돼서 오류가 많아. 때로는 500볼트 이상의 전류가 흐르기도 하고, 조끼가 아닌 곳에 탄환을 맞아도 전기가 작동해. 일부러 그러는 것인지도 모르지만……. 아무튼 빨리 달아나!"

"하지만⋯⋯."

"내 말 잘 들어. 게임이 한 시간 내로 끝나면 일당은 없어. 하지만 세 시간을 버티면 지더라도 일당이 두 배야. 그 정도면 한 달치 안다미로를 살 수 있다고."

녹두에게 들어서 어느 정도는 알고 있었다. 하는 수 없이 나는 네오 호크, C-3이 이끄는 대로 다시 뛰기 시작했다.

힐끗 뒤돌아보았을 때, C-12의 발작은 멎어 있었다. 동시에 C-12가 넘어졌던 모퉁이에서 게이머들이 나타났다. 모두 셋이었다. 그들이 이쪽을 향해 스마트 건을 쏘아 대기 시작했다.

퍼퍼퍽! 탄환이 벽에, 그리고 땅바닥에 박혔다. 나는 C-3과 함께 골목을 돌았다. 그런데 앞서 달아나던 몹 서너 명이 연달아 쓰러졌다. 반대편에서도 게이머들이 나타난 것이다. 그들이 쏜 스마트 건의 탄환이 나를 아슬아슬하게 스쳐 지나갔다.

"이쪽!"

C-3이 소리치며 바로 옆의 허물어진 건물 안으로 들어갔다. 대여섯의 몹이 함께 뛰어들었다.

"몇 명은 저쪽으로 가. 게이머들을 분산시켜야 해. 나머지는 이쪽!"

C-3의 말에 나를 포함한 네 명이 계단 쪽으로 뛰었고, 나머지는 더 안쪽으로 뛰어 반대편 문으로 나갔다.

C-3은 재빨리 계단을 올라갔고, C-8과 C-7, C-14가 뒤를 따라왔다. 나는 잠시 멈칫거렸다. C-8 때문이었다. 그는 처음 로즈 게임을 할 때 만났던 C-8과 너무나 닮았다. 나와 비슷한 또래로 보였지만 몸집이 크고 탄탄했다. 계단을 오르는 동안 나는 그를 살펴보았다.

C-3은 익숙한 듯 4층에서 어둑한 긴 복도를 달렸다. 양쪽에 방문이 줄지어 늘어서 있었다. 호텔 객실로 쓰였던 듯했다. 305, 306, 307……. 어떤 방은 문짝이 떨어져 있었다. C-3은 310호로 뛰어 들어갔다.

방 안에는 부서진 가구들이 나뒹굴었고, 창문에는 찢어진 커튼이 바람에 펄럭거렸다. C-3은 몸에 밴 동작으로 베란다에 나가서 주위를 살폈다. 그때 어디선가 들리는 비명에 C-3은 인상을 찡그렸다.

"C-8, 이리 와. 이거 들어! 어떻게 해야 하는지 알지?"

C-3이 한쪽 벽에 비스듬히 세워져 있는 침대 매트리스를 가리켰다. 둘은 매트리스를 양쪽에서 붙잡아 들어

올렸다.

"너희는 복도 끝 오른쪽 방으로 들어가. 거기서 베란다로 나가면 비상계단이 있을 거야. 그걸 타고 내려가서 바로 옆 건물로 가. 그 건물 306호에서 보자. 가, 어서!"

C-3이 단호하게 말했다. 게임에 익숙해 보이는 그의 태도에 신뢰감이 생겼다. 키가 작고 어려 보이는 C-14는 나보다 서너 걸음 앞서 복도 끝을 향해 달렸다. 그 순간 반대편 복도 끝에서 게이머 둘이 나타났다. 그들은 다짜고짜 스마트 건을 쏘아 댔다. 탄환이 바로 옆에서 튀었다.

그와 동시에 C-3과 C-8이 침대 매트리스를 방패 삼아 게이머들을 향해 달려 나갔다. 게이머들은 둘을 향해 스마트 건을 난사했지만 탄환은 매트리스를 뚫지 못했다. 곧 게이머들은 매트리스에 밀려 계단 아래로 굴러떨어지고 말았다.

그사이에 나는 C-14와 함께 복도 끝 방으로 들어갔다. 객실이 아니라 관리실로 쓰인 공간 같았다. 용도를 알 수 없는 커다란 기계과 파이프들이 잔뜩 있었다. 베란다로 달려가 창문을 열자 C-3의 말대로 비상계단이 보였다. C-14를 앞세우고 그 뒤를 따랐다. 비상계단을 내려와 옆 건물 306호실을 찾아 들어갔다. 도착한 순간, 나는 구석에 널브러졌다. 숨이 턱까지 차오르고 심장이 터질 것 같았다.

꽤 멀리서 비명이 두어 번 더 들린 다음, 한동안 아무 소리도 들리지 않았다. 이윽고 C-3과 다른 몹들이 나타났다.

"여섯 명만 생존했네. 시간은 이제 한 30분쯤 남았을 거고. 조금만 더 버티면 돼."

바닥이 움푹 꺼진 소파에 앉으며 C-3이 입을 열었다.

방은 낯선 듯 낯익었다. 너저분하게 널려 있는 쓰레기, 퀴퀴한 냄새, 허물어진 벽, 구멍 난 천장, 부서진 벽돌 조각들이 을씨년스러웠다. 그런 곳에 쪼그리고 앉아 있는 패티 티슈들이 안쓰러워 보였다.

'게이머일 때는 숨어있는 몹들이 짜증나기만 했는데……'

긴 숨을 내쉬고 C-3을 쳐다보았다. 수염을 깎지 않아 턱과 얼굴 옆선이 거뭇했다. 하지만 눈빛만은 유독 반짝였다. 새삼 잘생긴 얼굴이란 생각이 들었다. 그는 어디선가 부러진 나뭇가지를 주워 와 그것을 주머니칼로 열심히

깎고 있었다.

나는 그에게 다가갔다. 네오 호크, 나는 당신을 알아요, 그렇게 말할 참이었다. 그러나 정작 입에서는 엉뚱한 말이 나왔다.

"당신은 클론이 아니죠?"

C-3이 씩 웃었다. 껌인지 나무껍질인지 모를 뭔가를 질경질경 씹으며 그가 대꾸했다.

"여기까지 온 이상 패티 티슈나 다름없지. 그리고 여기서까지 그런 구분이 필요할까? 지금 당장 우리가 해야 할 일에 집중하는 게 좋을 거야."

"그게 뭐죠?"

"이 게임에서 승리하는 것."

C-3이 눈빛을 반짝이며 말했다. 녹두가 했던 말이 떠올랐다. 게임을 시작하면 무조건 이겨. 그러면 고스트가 만나자고 할 거야. 그에겐 능력자가 필요하거든. 놈은 장사꾼에 불과하니까…….

"게임에서 이기면 뭐가 달라지나요?"

"달라지지 않아. 다만 우리가 이기면 돈을 조금 더 받을 수 있지. 그 돈으로 또 며칠은 생명을 연장하는 거고."

"그뿐인가요?"

"그럼 뭘 더 바라는 거야? 제3 거류지에 사는 사람들이 마지막으로 선택하는 게 바로 게이머들의 총알받이가 되는 거야. 할 수 있는 일이 아무것도 없을 때, 패티 티슈든 사람이든 스스로 게임의 몹이 되지. 그뿐이야."

"살기 위해서 죽을지도 모르는 게임에 뛰어든다는 말로 들리네요."

"그것도 틀린 말은 아니야. 이 게임에 참여하는 패티 티슈들 중에는 인식표도 받지 못한, 말 그대로 지방 덩어리 취급을 받는 사람도 많아. 이 게임 외에는 돈을 벌 수단이 없다는 뜻이지. 그래서 어떻게든 이기려고 하지."

그때 문득 게이머가 되어서 게임하던 때가 생각났다. 어떻게든 이기겠다고 나를 공격하던 몹의 얼굴이 떠올랐다가 사라졌다.

"그런데 슬픈 건 패티 티슈들은 대부분 그저 도망치거나 피하는 일밖에는 못 해. 전략을 짜서 움직일 머리가 되질 않아. 그래서 보통 죽거나 크게 다치지. 그래도 해야만 해. 안다미로를 사야 하거든. 살고 싶다는 욕망만큼은 강하니까. 살기 위해서 죽음의 게임에 뛰어드는 게 패티 티슈의 운명이야."

C-3은 쓸쓸한 어투로 말했다. 그의 말에 섬뜩한 생각이 머릿속을 스쳐 지나갔다.

'내가 게이머였을 때, 내 스마트 건에 맞아 죽은 패티 티슈도 있지 않을까?'

아랫입술을 피가 날 정도로 꽉 깨물었다. 게임을 하면서 마주쳤던 패티 티슈들의 얼굴이 떠올랐다.

"그런데 넌…… 휴먼 AI지?"

이번에도 C-3은 내 정체를 한눈에 알아보았다.

"맞아요. 어찌 됐든 인간은 아니죠."

"인간이 되고 싶어?"

C-3이 자조적으로 웃으며 말했다.

"인간이라고 해도 크게 다를 건 없어. 나를 보면 알잖아. 동맹시가 존재하는 한, 동맹시 시민이 아니라면 누구나 그들의 도구에 불과해."

"패티 티슈가 아닌데도요?"

"당연하지. 그들은 모든 것을 가지고 있지만, 우리는 아무것도 가진 게 없잖아. 그들은 우리가 아무리 노력해도 무엇도 나누어 주지 않고. 그러니 우리가 할 수 있는 일은 그저 그들이 만든 질서에 복종하는 것뿐이지."

C-3의 말에서 녹두의 말이 되새겨졌다. 나는 고개를 끄덕였다. 그는 침을 한 번 삼키고 나서 말을 이었다.

"동맹시는 높다란 벽을 쌓아서 외부 주민들을 배척하고, 그러면서도 동맹시를 갈망하도록 하지. 나 역시 위성지구 출신이지만, 그곳 사람들의 한결같은 꿈은 위성지구에서 잘 사는 게 아니라 동맹시에 진입하는 거야."

우리 아빠도 그랬다고 대답할 뻔했다. 이제 내게 아빠라는 존재는 없는데도.

나는 C-3을 가만히 쳐다보았다. 가슴에 찬 바람이 일렁이는 듯해 결국 참지 못하고 물었다.

"저 기억나지 않아요?"

네오 호크는 고개를 갸웃거렸다.

"우리가 만난 적이 있던가?"

"네. 당신이 나를 구해 줬어요. 당신의 이름도 알고 있어요. 네오 호크."

"왜 기억이 안 나지?"

"그때는 이 얼굴이 아니었으니까요. 무장 순찰대에 쫓길 때, 저를 구해 주고 바이오 워치를 제거해 주셨죠."

"아, 그럼 네가······."

네오 호크는 내 얼굴을 유심히 쳐다보았다.

"당신 말이 맞았네요. 내가 떠나던 날 아침에 당신이 그랬잖아요. 우리는 다시 만나게 될 거라고."

"아······."

기억났는지 네오 호크가 고개를 끄덕이며 긴 숨을 내쉬고는 물었다.

"어쩌다가 여기까지 왔지?"

"이야기하자면 길어요. 다만 전 이제 해야 할 일을 찾았어요. 왜 살아야 하는지도······."

"다행이군. 대부분의 패티 티슈는 자신이 살아가야 하는 이유도 모른 채 하루하루를 보내다가 한계 수명에 이르면 인식표만 남기고 떠나지."

네오 호크는 옅은 미소를 지었다. 그의 미소가 환영의 의미로 느껴졌다.

허물어진 벽 너머로 네 명의 몹이 여기저기에 앉거나 서 있는 모습이 보였다. 셋은 이야기를 나누는 중이었고, 나머지 하나는 창 쪽에 서서 서성거리고 있었다. C-14였다. 아직 앳돼 보이는 C-14를 보자 은별이 생각났다. 무장 순찰대로부터 구해 주었던 아이도 떠올랐다. 언젠가 그 아이도 이렇게 몹이 되어 쫓길지 몰랐다.

긴 머리로 한쪽 눈을 가린 채 하늘을 보고 있던 C-11과도 눈이 마주쳤다. 나는 미소를 지었다. 언젠가 롯 타워 앞에서 리아가 했던 말이 실감났다. 우리 또래나 더 어린 클론이 많다던 말.

그때 요란한 소리와 함께 벽 너머의 방, 한쪽이 허물어진 천장에서 뭔가 훅 떨어져 내렸다. 은빛의 경량 헬멧과 새까만 고글, 검은색 가죽으로 만들어진 게임 테크 웨어. 게이머였다. 앞구르기를 하며 착지한 게이머는 몸의 균형을 잡자마자 스마트 건을 쏘아 댔다. 책상 앞에 있던 몹 셋이 차례로 쓰러졌다. 둘은 발작을 일으켰고, 하나는 소리 없이 기절했다.

"셋, 제거 완료!"

게이머가 고글의 오른쪽 테를 문지르며 말했다.

'젠장……'

순간 속으로 신음했다. 기시감 때문이었다. 다로와 함께 게임했을 때 나도 했던 말이었다. 넷, 제거 완료. 손끝이 차가워지면서 입술이 떨렸다.

그는 아직 이쪽 방은 인식하지 못한 듯했다. 장미 문양의 몹을 찾는 듯 쓰러진 몹을 살폈다. 그의 헬멧에 붉은색으로 쓰인 09라는 숫자가 유독 도드라져 보였다. 나는 장미 문양이 새겨진 손등을 감싸 쥐었다.

순식간에 사방이 고요해졌다. 어느새 네오 호크가 뒤편에서 다가와 내 팔을 이끌었다. 뒷걸음질을 치다가 하필이면 벽돌 조각을 걷어차고 말았다. 타탁, 하는 소리가 고요한 방 안에 울렸다.

동시에 게이머가 이쪽을 향해 스마트 건을 겨누었다. 나는 반사적으로 몸을 굴려 옆으로 피했지만 시야가 가려져 있던 네오 호크는 탄환을 맞고 넘어졌다. 나는 재빨리 문 쪽을 향해 뛰었다.

파파팍!

몇 개의 탄환이 벽에서 튀었다. 밖으로 나와 복도를 달렸다. 게이머 09도 곧바로 쫓아왔다. 더 이상 탄환은 날아오지 않았다. 다행히 스마트 건의 탄환이 떨어진 모양이었다. 조금 더 속도를 내려는데 저편 끝에서 누군가 나타났다.

다른 게이머였다. 경량 헬멧과 새까만 고글, 머리에 쓰인 숫자는 07이었다.

게이머 07이 스마트 건을 겨누었고, 동시에 나는 오른쪽 벽을 타고 달렸다.

퍽! 퍼퍽!

스마트 건의 탄환이 어깨를 비껴갔다. 나는 몸을 날려 게이머를 벽으로 밀어붙였다. 당황한 게이머는 뒷걸음질 치며 다시 스마트 건을 장전하려 했지만, 내가 한발 빨랐다. 나는 놈의 손목을 꺾어 스마트 건을 강제로 풀어 바닥에 내동댕이쳤다.

"여기 이 새끼가 리더야. 손목에 장미가 있어!"

게이머 07이 소리치며 주먹질을 했다. 나는 가볍게 피한 후, 계단 아래쪽으로 그를 밀어 버렸다.

뒤에서 게이머 09가 달려들어 놈과 함께 나뒹굴었다. 그가 내 목을 조르기 시작하자 숨이 막혔다. 안 되겠다 싶어서 무릎으로 있는 힘껏 그의 배를 올려 찼다. 헉, 소리와 함께 악력이 줄어드는 게 느껴졌다. 재빨리 놈의 손아귀를 벗어났다.

하지만 게이머 09는 포기하지 않았다. 그는 복도에 흩어져 있던 벽돌 하나를 집어 들고는 나를 향해 내리쳤다.

옆으로 몸을 굴렸지만, 벽돌은 머리를 스치고 지나갔다. 나는 욱신거리는 통증을 참으며 게이머 09의 다리를 걸어찼다.

순간적으로 게이머 09가 복도 바닥에 쓰러졌다. 놈의 목에 장미 펜던트가 있었다. 나는 얼른 달려들어 펜던트를 뜯어내려 했지만 그 순간 놈이 내 팔을 잡고 비틀었다. 다시 놈과 뒤엉키면서 내 마스크가 벗겨졌다.

"이 괴물 같은 패티 티슈!"

게이머 09가 나의 일그러진 얼굴을 보더니 소리를 질렀다. 그리고 무턱대고 주먹을 내질렀지만 소용없었다. 뒤에서 C-8이 나타나 게이머 09의 허리를 붙잡아 게이머 09는 순식간에 꼼짝하지 못하는 신세가 되었다.

나는 천천히 다가가 여유 있게 게이머 09의 목에 걸린 펜던트를 뜯어냈다.

"퉤엣! 더러운 패티 티슈!"

그가 침을 뱉으며 발버둥 쳤다. 계속 몸부림치는 바람에 헬멧과 고글이 벗겨져 땅에 떨어지면서 얼굴이 드러났다.

"아……!"

나는 주먹을 불끈 쥐고 뒤로 물러났다.

게이머 09는 바로 다로였다!

놀라움도 잠시, 나는 더 큰 충격에 숨이 멎는 듯했다. 복도 끝에 세인이 서 있었다. 07번 숫자가 쓰여 있는 헬멧을 손에 든 채.

'네가 왜⋯⋯?'

다리가 후들거려 금방이라도 주저앉을 것만 같았다. 마주 보았지만 세인이 나를 알아보는 것 같지는 않았다. 내 얼굴은 이미 다로가 말한 대로 괴물처럼 변해 버렸으니까.

벗겨진 세인의 헬멧 안쪽 스피커에서 익숙한 소리가 들려 나왔다.

Rose Game Stage I 도시정벌, Game Over!

황혼의 새벽

스텝이 엉키지 않도록 보폭을 조절해 정확히 오른쪽 발끝으로 난간 모서리를 힘 있게 밀었다. 그리고 다이빙하듯 양팔을 앞으로 쭉 뻗으며 날았다. 귓가에 바람 소리가 스쳤다. 짜릿한 쾌락과 약간의 공포가 빠르게 온몸을 휘감았다. 유리창을 깨고 바닥을 뒹굴면서 두 명의 몹을 차례로 쏘았다. 파팍! 몹의 전자 조끼에서 파란 불꽃이 튀고, 놈들은 비명을 지르며 하나씩 쓰러져 갔다. 제거 완료! 나는 웃었다. 그러나 구석에 쓰러졌던 몹 하나가 꿈틀거리며 일어났다. 하나뿐만이 아니었다. 쓰러뜨렸던 놈들이 모두 일어나 나에게로 다가왔다. 다시 스마트 건을 겨누었지만, 탄환은 발사되지 않았다. 곧 놈들에게 둘러싸였다. 이러지도 저러지도 못하는 나에게 놈들이 더 바짝 다가왔다. 나는 기겁했다. 그들은 모두 똑같은 얼굴을 하고 있었다. 바로 세인, 아니 나였다! 그들이 나를 향해 일제히 스마트 건을 겨누었다.

퍼퍼퍽! 펑펑!

"허억……!"

꿈이었다. 하지만 깬 뒤에도 전자 조끼에 탄환이 부서지는 소리가 귓가에 울리는 것 같았다. 일어나 앉아 머리를 세게 흔들었다.

세인을 마주친 뒤로 매일 같은 꿈이 반복되었다.

'세인은 비관리 구역으로 달아나지 못한 걸까? 그럼 다시 아빠에게 붙잡혀 돌아온 걸까? 그렇다고 게임까지 나서야 했나? 무엇 때문에? 엄마는 어찌 되었을까?'

고민했지만 답을 알 도리는 없었다. 내가 세인을 만났다고 하자 녹두는 말했다.

"정말 세인이 맞아? 또 다른 클론일 수도 있잖아."

물론 아빠는 그러고도 남을 사람이었다. 하지만 내가 본 게이머는 세인이 틀림없었다. 게임이 끝났기 때문에 세인은 나를 공격하지 않고 지나갔다. 그는 나를 알아보지 못했고 대신 잔뜩 미간을 좁힌 채, 지나가는 내내 경계했다. 나는 세인을 슬쩍 돌아보았다. 귀 뒤편에 상처가 보였다. 어릴 때 다쳐서 생겼다는 흉터가 선명히 내 눈에 들어왔다. 그는 클론이 아닌, 진짜 세인이었다.

퍼퍽, 펑펑!

"빌어먹을!"

화가 치밀었다. 여전히 환청이 들리는 자신이 한심스러웠다. 그런데 그때 은별이 뛰어들었다.

"피해야 해요!"

은별의 얼굴에 놀란 기색이 가득했고, 숨을 가쁘게 몰아쉬고 있었다. 무슨 일인가 싶어 가만히 있자 은별이 재촉했다.

"서둘러요. 무장 순찰대 요원들이 롯 타워까지 들이닥칠 기세란 말이에요."

다시 한번 펑펑, 하는 소리가 들렸다. 비로소 나는 그것이 환청이 아님을 깨달았다. 창밖을 보자 매캐한 연기가 자욱했다. 후다닥 베란다로 뛰어가 아래를 내려다보았다. 시장 광장 쪽에서 불길이 타오르고 있었다.

"도대체 무슨 일이야?"

"무장 순찰대가 대규모로 공격해 왔어요."

"공격이라니, 왜?"

"며칠 전에 대규모 시위가 있었잖아요. 불순분자를 소탕한다면서 샅샅이 수색하고 있어요. 규모도 저번보다 훨씬 커요. 이곳에 제2 동맹시를 지으려고 거류지 주민들을 몰아내려는 것 같아요. 주민들은 저항 중이고요."

"녹두는?"

"3층에서 부상자들을 치료 중이에요."

"가자!"

"녹두 누나한테요? 안 돼요! 빨리 여길 빠져나가라고 했어요. 무장 순찰대의 공격이 심상치 않다고."

은별의 말을 무시하고 방을 나섰다. 그런 나를 은별이 쫓아와 붙잡았다.

"만약을 대비해 엘리베이터는 중지시켰어요."

나는 비상계단 쪽으로 방향을 돌렸다. 복도 끝, 빨간색으로 'EXIT'이라 쓰인 두꺼운 철문을 열었다. 눅눅한 새벽바람이 훅 끼쳐 왔다. 건물 밖으로 난 비상계단이라 멀리 동맹시를 둘러싼 벽이 보였다. 함성과 함께 뭔가 펑펑

터지는 소리가 가깝게 들렸다.

계단을 두세 개씩 뛰어 내려갔다. 매캐한 냄새가 코끝을 자극했다. 시장 쪽에서 피어오른 연기까지 덮쳐서 앞이 잘 보이지 않았다. 결국 5층에서 다시 건물 안으로 들어갈 수밖에 없었다. 나는 건물 안쪽 계단을 찾아 계속 내려갔다. 그렇게 겨우 3층까지 왔을 때, 비명이 귀를 찢었다. 반사적으로 그 소리를 따라갔다.

아수라장이 펼쳐져 있었다. 여기저기서 비명이 쏟아졌다. 복도와 방마다 다친 사람들이 널브러져 있었다.

"녹두는 어딨어?"

나는 뒤에 바짝 쫓아온 은별을 향해 물었다.

"나도 몰…… 어! 저기 있어요!"

무릎을 짚은 채 숨을 몰아쉬던 은별이 복도 저편을 가리켰다. 녹두가 옷에 피를 잔뜩 묻힌 채 방 안으로 들어가고 있었다. 나는 쓰러진 사람들을 피해 그쪽으로 갔다.

"이쪽으로 눕혀요. 그리고 깨끗한 수건, 어서요!"

녹두가 둘러선 사람들을 향해 외쳤다. 침대에 누운 환자는 머리가 깨져 있었고, 끊임없이 피가 흘렀다. 녹두는 긴 수건으로 환자의 머리를 감쌌다. 환자의 팔에 주사를 놓고 나서야 녹두는 일어났고 그제야 내가 옆에 있다는 걸 눈치챘다.

"네가 왜 아직도 여기에 있어, 어서 나가! 은별, 내 말 잊었어?"

녹두는 나와 은별을 번갈아 쳐다보며 목소리를 높였다.

"나는 시키는 대로 했어요. 그런데……."

"혼자 갈 수는 없어요. 같이 가요. 나보다 누나가 더 위험해요."

나도 모르게 소리를 높였다. 내 말에 녹두는 갑자기 씩 웃었다.

"누나? 너한테 그런 소리 처음 듣네."

나는 괜히 멋쩍어 녹두의 뒤를 바짝 따랐다.

"여기요! 여기 좀 도와주세요!"

순간 누군가 소리를 질렀고, 녹두는 그쪽으로 뛰었다. 두 명의 남자가 내 또래의 여자아이를 부축해 복도 한쪽에 눕혔다.

"뭐예요?"

"전기충격봉으로 머리를 맞았는데……."

아이는 거품을 물고 있었다. 녹두는 그 자리에 앉아 아이의 입을 벌리고 옆에 있던 수건으로 입을 틀어막았다.

"충격으로 인한 뇌진탕 같아요. 아이가 혀를 깨물지 못하게 해 주세요. 팔과 다리를 계속 주물러 주고요."

진찰을 마치고 일어난 녹두는 나를 향해 단호하게 말했다.

"제발 가. 여기서 이러고 있으면 안 돼. 무장 순찰대가 들이닥치면 누구도 무사하지 못해."

"누나는요……."

"알아. 그렇지만 이 사람들은 어떻게 해? 내가 이곳에 왔을 때 구해 주고 먹을 것을 준 사람들이야. 지금은 내가 도와야지. 이들을 누가 치료해 주겠어. 무장 순찰대? 동맹시 의사들? 내가 없으면 이들은 그냥 이렇게 방치된 채 손한번 쓰지 못하고 죽을 거야. 한 사람이라도 살려야지, 안 그래?"

녹두의 눈시울이 붉어져 있었다.

"가라고! 여긴 내가 알아서 할 테니까 걱정하지 말고. 어떻게든 나도 피할 거야."

그 말에 반박하려는데, 녹두가 한마디 더 했다.

"마더를 찾아."

"네?"

"그가 너희들을 맞아 줄 거야. 그리고 잘 들어. 너희들이 우리의 희망이야."

되물을 틈도 없이 녹두가 내 등을 떠밀었다.

"내가 준 통신기 잘 가지고 있지? 연락할게. 우선은 제 3 거류지 철도역으로 가. 16번 승차장에 가면 너를 안내할 사람이 기다리고 있을 거야. 암호가 있어. 그쪽에서 '닥터 왈츠만을 찾으세요?'라고 물으면, '네, 산타께서 선물을 보내셨습니다'라고 대답해. 알았지? 나도 여기 일 마무리 되면 그리로 갈게."

"괜찮겠어요, 누나?"

"괜찮아. 우리는…… 너희들이 필요해. 그러니까 꼭 무사해야 해. 맞서 싸우지 않으면 너와 나 같은 클론들은 끊임없이 폐쇄 구역을 떠돌며 살게 될 테니까."

녹두는 나와 은별의 손을 한 번씩 마주 잡았다. 그러고는 사람들이 소리를 지르는 방 안으로 뛰어 들어갔다.

나는 은별과 함께 1층 로비로 향했다. 하지만 걸음이 잘 떼어지지 않았고, 자꾸만 뒤를 돌아보았다.

도착한 1층 로비는 오가는 사람들로 빼곡했다. 입구 쪽으로 돌멩이를 주워 나르는 사람, 다친 사람을 업고 계단을 오르는 사람, 몽둥이를 손에 쥔 한 무리의 사람들이 로비 한가운데를 가로질러 갔다. 나는 입구 쪽으로 걸어갔다.

"그쪽으로는 지금 나갈 수가 없어요."

은별이 붙잡았지만 뿌리치고 더 나아갔다. 입구 너머로 롯 타워 앞 광장이 보였다. 광장 저편에 롯 타워 사람들이 쌓아 놓은 듯한 바리케이드가 눈에 들어왔다. 부서진 건물의 잔해로 만든 것이었다. 사방에서 시커먼 연기가 연신 피어올라 로비까지 매캐한 냄새가 났다.

한 손으로 코를 막고 바리케이드 너머를 바라보았다. 백여 명은 될 듯한 무장 순찰대가 밀집 대형을 이루고 있었고, 그 뒤로 장갑차들이 도열해 있었다.

"헉……!"

그곳에서 나는 뜻밖의 인물을 목격했다.

아빠, 세인의 아빠였다.

실물이 아닌 홀로그램이었지만, 워낙 생생해 심장이 빠르게 뛰었다. 팔이 다쳤는지 오른쪽 팔에 붕대를 감고 있었다. 무장 순찰대 맨 앞에서 그가 거류지 주민들을 향해 말했다.

"제3 거류지 주민 여러분. 저는 동맹시 안보국장입니다. 동맹시는 여러분의 인권을 존중합니다. 지금 실시하는 수색 절차는 일부 불순분자를 체포하여, 제3 거류지의 평화와 안정을 추구하기 위한 것입니다. 무장 순찰대 요원이 지시하는 절차에 따라 수색에 응해 주시기를 바랍니다. 거부하거나 저항할 시에는 불순분자로 간주, 현장에서 체포 구금될 것임을 알려 드립니다."

그의 목소리는 드론을 통해 사방에서 큰 소리로 울려 퍼졌다. 그러나 바리케이드 안의 주민들은 꼼짝도 하지 않았다. 오히려 안내가 끝나기도 전에 야유를 퍼붓고 소리를 질렀다.

"안보국장은 무장 순찰대를 철수시켜라!"

"거짓말하지 마라! 동맹시는 벽을 허물어라!"

그런 외침을 비웃기라도 하듯 무장 순찰대 요원 수십 명이 열을 지어 접근했다. 순찰대가 바리케이드를 넘어서자 롯 타워를 막고 선 주민들도 그들을 향해 나아갔다.

"무장 순찰대를 막아라! 우리의 생존권을 스스로 지켜 내자!"

검푸른 연기가 뒤덮인 하늘에 롯 타워 시민들의 함성

이 가득 찼다. 순찰대는 곧바로 주민들을 향해 무차별적으로 전기충격봉을 휘둘렀다.

주민들도 대항했다. 돌을 집어 던졌고, 쇠파이프로, 몽둥이로 맞섰다. 선두로 나섰던 요원들은 뒤로 물러나는 듯했지만, 이번에는 대기하고 있던 또 다른 요원들이 총을 쏘아 댔다.

주민들이 여기저기서 나가떨어졌다. 그게 끝이 아니었다. 곧이어 전자 볼이 대량으로 살포되었다. 색색의 구슬은 주민들 쪽으로 통통 튀어갔다. 사람들의 머리 위로, 다리 사이로 지나간 전자 볼은 가슴에, 허리에, 발에 달라붙어 전기 충격을 일으켰다. 일순간에 아수라장이 되었다.

순찰대 요원들이 앞다투어 롯 타워 안으로 진입했다. 그러자마자 더 큰 비명과 폭발 소리가 들렸다. 근력 강화 조끼를 입은 요원들이 롯 타워에서 사람들을 무차별적으로 끌고 나와 내동댕이쳤다. 마치 무슨 물건을 버리는 듯한 모양새였다. 그 사람들 사이에 녹두가 있었다. 요원 하나가 녹두를 아스팔트 위에 내던졌고, 그런 녹두를 다른 요원이 짓밟았다.

"안 돼!"

소리치며 앞으로 나서려는데 은별이 붙잡았다.

"왜 이래요? 지금 뭘 하려고요?"

"저기 녹두가 있어."

"어디요? 안 보이는데, 잘못 본 거겠죠. 누나는 그리 쉽게 붙잡힐 사람이 아니에요."

이리저리 살펴보던 은별이 말했다. 그새 사람들로 가려져 녹두의 모습은 보이지 않았다. 정말 내가 잘못 본 걸까.

"여기서 이러고 있을 시간이 없어요. 지금은 답답해도 참고 녹두 누나 말대로 일단 빠져나가야 해요."

은별이 아까보다 거칠게 나를 끌어당겼다. 나는 하는 수 없이 발을 돌리며 부디 내가 잘못 봤기를 바랐다.

은별을 따라 지하로 내려갔다. 벽에 'B7'이라는 숫자가 보일 때쯤에는 바깥의 소란스러운 소리가 거의 들리지 않았다. 대신 발소리가 메아리처럼 벽에 부딪혀 되돌아왔다.

지하 7층의 문을 열고 나가자 주차장이었다. 차는 몇 대 없고, 천장의 전등은 절반 이상이 켜지지 않아서 사방이 어둑했다. 은별은 주차장을 가로질러 'E16'이라 쓰인 기둥 뒤편으로 향했다. 그리고는 바닥 쪽에 환풍구로 보이는 창을 흔들어 떼어 냈다.

"따라와요."

은별은 환풍구 안으로 기어들어 갔다. 어른 한 명이 겨우 들어갈 만한 크기였다. 나도 몸을 웅크리고 환풍구에 들어가며 은별에게 물었다.

"도대체 어디로 가는 거야?"

"내가 다 확인해 뒀어요. 이게 무장 순찰대를 피해 나가는 지름길이에요."

은별이 자신 있다는 듯 대꾸했다. 얼마 전에 지하 이동로를 찾아 두었다던 은별의 말이 기억났다.

나와 은별은 말없이 한참을 기었다. 빛이 사라지고 아무것도 보이지 않았다. 앞서 기어가는 은별의 숨소리와 무릎이 바닥에 끌리는 소리만 들렸다. 허리와 무릎이 아플 때쯤, 은별의 어깨 너머로 희미한 빛이 보이기 시작했다. 눈이 조금 아플 만큼 시야가 밝아졌을 때, 은별이 마침내 환풍구를 빠져나갔다.

"어…… 여기가 어디야?"

허리를 펴고 일어섰을 때, 거대한 지하 터널 한복판이 눈앞에 펼쳐졌다. 나는 사방을 두리번거렸다. 한쪽은 어둠이 짙었고, 다른 쪽은 아주 환했다.

"지하도요. 도시가 바닷물에 잠기기 전에는 이곳으로 지하철도가 다녔대요."

그러고 보니 터널 한가운데에 철로 두 개가 나란히 나 있는 게 희미하게 보였다. 은별은 어두운 쪽을 향해 걸었다.

"왜 밝은 쪽으로 나가지 않아?"

"그럼 들켜요. 따라오세요. 다른 길이 있어요."

얼마쯤 걷자 계단이 나타났다. 계단을 오르자 신기하게도 우리는 낡은 건물의 내부에 들어와 있었다. 건물과 지하철도가 연결된 곳 같았다.

거기서부터 은별의 걸음이 조심스러워졌다. 다시 매캐한 냄새가 코끝을 간질였고, 함성도 들렸다. 롯 타워에서 아주 멀리 떨어진 곳은 아니란 생각이 들었다.

은별은 건물의 부서진 창문 바깥으로 고개를 내밀고 사방을 두리번거렸다.

"이쪽이에요!"

은별은 창을 타고 넘어 바깥으로 나섰다. 따라서 창을 넘고 보니 부서진 담장들이 늘어서 좁은 골목길이 있었다. 함성은 점점 멀게 들렸다. 자꾸만 뒤를 돌아보는 나를 은별이 단단히 붙잡았다.

"이제 제3 거류지 철도역이 멀지 않아요. 골목으로 가면 지름길이거든요."

골목에는 사람이 없었다. 걷는 동안 내내 녹두의 얼굴이 떠올랐다. 처음 만났을 때부터 방금 전 환자들 사이를 뛰어다니던 모습까지. 그러다가 무장 순찰대 요원에게 짓밟히던 장면까지 되살아났다. 잘못 보았을 거라고 스스로를 다독였다. 왜냐하면 거리도 꽤 되었던 데다가 옷차림만으로 녹두라 생각한 것이니까.

'다시 만날 수 있겠지?'

꼭 그래야 한다고 되뇌며 더 빠르게 걸었다. 그런데 골목에서 완전히 빠져나왔다고 생각한 순간, 발 앞에 빨간 점이 움직였다. 빨간 점은 정찰 드론이 나와 은별을 스캔하고 있다는 뜻이었다.

방심했다. 나는 은별의 손목을 낚아챘다.

"뛰어!"

옆에 보이는 빨간 벽돌 건물 안으로 무작정 뛰어들어 갔다. 계단을 올라가, 노란색 문을 열었다. 살림살이가 가득한 방에서 창쪽 테이블에서 머리가 허옇게 센 노부부가 빵을 먹고 있었다. 기겁한 부부를 향해 나는 재빨리 말했다.

"죄송합니다! 무장 순찰대에 쫓기고 있어요. 저희 나간 다음에 창문을 닫고 커튼을 치세요!"

그렇게 외치고 우리는 창을 타 넘어 베란다로 나서 비상계단을 내려갔다. 오래된 철제 계단은 삐걱거렸고, 중간중간에 손잡이가 부러진 곳도 있었다.

"다 온 것 같아요. 저쪽에 철도역이 있어요."

은별이 허물어진 건물 틈새로 보이는 녹색 건물을 가리키며 말했다.

그때 누군가 휙 뛰어내려 길을 막았다.

깜짝 놀라 뒤로 물러나 방어 자세를 가다듬었다. 그런데 이상했다. 차림새를 보니 무장 순찰대 요원이 아니었다. 망토처럼 긴 옷을 입고 후드를 쓰고 있어 얼굴은 확인되지 않았다. 순찰대 요원이 아니라고 해서 안심할 수는 없었다. 남자가 움직이기 시작했다.

나는 은별을 내 뒤로 세우고 자세를 약간 낮추었다. 남자가 무장 순찰대 요원들이 쓰는 플라스틱 합성탄 소총을 꺼내 들었다. 그는 아주 능숙한 솜씨로 허공을 겨냥했다. 총구가 향한 곳에는 정찰 드론이 있었다.

퍼퍽!

탄환을 맞은 드론은 순식간에 박살 나, 잔해가 땅바닥에 떨어졌다. 남자는 이쪽으로 다가왔다. 나는 경계 태세를 풀지 않은 채 그를 쳐다보았다.

남자가 머리를 덮고 있던 후드를 걷었다. 불빛 아래 드러난 얼굴이 낯익었다. 포레스트였다.

"한참 찾았네. 흐흐, 널 만나고 싶어 하는 분이 있다."

"포레스트, 날 알아?"

"물론! 단 한번이라도 게임에 참여했다면 그게 누구라도 파악할 수 있지. 더구나 네 활약은 꽤 인상적이었거든."

"그래서?"

"너, 휴먼 AI 맞지? 자, 받아!"

포레스트는 녹두가 쓰는 것과 흡사한 스마트 워치를 건네주었다. 바이오 워치가 동맹시민들에게 배포되기 전에 비슷한 기능을 했던 다용도 통신 수단이었다.

"기능은 바이오 워치와 다르지 않아. 그 안에 네 면허와 동맹시 출입증, 신분증, 모든 게 있어. 여기서 무사히 빠져나가길 빈다."

나는 스마트 워치를 받아들었다.

"그 스마트 워치에 새겨진 네 이름은 R2. 알겠어, R2?"

순간, 그들이 나를 찾을 거라던 녹두의 말이 생각났다. 하지만 나는 짐짓 모른 체 물었다.

"왜 이걸 내게 주는 거죠?"

"글쎄. 나는 메신저일 뿐이야. 그다음은 스마트 워치를 통해서 고스트가 직접 연락할 거야."

손목에 스마트 워치를 찼다. 스트랩이 내 손목에 맞게 저절로 조여지며 화면이 켜졌다.

─사용자 R2 님 환영합니다. 지금부터 R2 님의 생체 정보를 탐색하여 저장합니다.

시계의 가장자리가 붉게 물들었다. 손목이 따뜻해졌다가, 두어 번 따끔거렸다. 스마트 워치에 초록색 불이 들어오면서 홀로그램이 떠올랐다.

─첫 번째 일정은 고스트 님과의 약속입니다. 날짜와 시간은 아직 미정입니다.

돌아서는 포레스트의 어깨 너머로 붉게 타오르는 제3 거류지의 모습이 보였다. 마치 석양이 지는 것 같았다. 은 별의 어깨를 꼭 쥐고 그 붉은빛 하늘을 한참 바라보았다.

그 너머에 동맹 타워의 꼭대기가 희미하게 보이는 듯했다.

"정말 고스트가 연락을 해 올까요?"

뭔가 미심쩍은 듯 은별이 물었다. 나도 석연치 않았다. 스마트 워치를 받았지만, 무턱대고 기뻐할 수는 없었다. 긴장감으로 손끝이 찌릿했다.

나는 제3 거류지 철도역을 향해 걸어갔다. 역 근처에도 사람들이 많지 않았다. 왠지 조급한 기분이 들어서 그 사실을 들키지 않도록 천천히 걸으려 애썼다.

"저쪽이 16번 승차장이에요."

은별이 천장에 매달린 안내판을 가리키며 말했다. 16번 승차장에는 사람들이 드문드문 있었다.

'만나야 하는 사람이 누굴까.'

주변을 살펴봐도 도무지 추측이 가질 않았다. 누군가 말을 걸어오길 기다리는 사이에 열차가 한 대 지나갔다. 꽤 많은 사람이 타고 내렸다. 은별과 나는 승차장 한쪽에 있는 허름한 의자에 앉았다.

"이곳에 다시 돌아올 수 있겠죠?"

은별이 옆에 앉으면서 혼잣말을 하듯 말했다.

"……너는 이곳이 좋아?"

무장 순찰대가 밥 먹듯이 주민을 폭행하고, 패티 티슈들과 부랑자로 넘쳐나는 제3 거류지를 그리운 고향처럼 말하는 게 어색해 은별에게 물었다.

　　"저는 좋은 기억도 많아요. 녹두 누나도 있고요."

　　은별은 몹시 그리운 듯한 목소리로 말을 이었다.

　　"버려지고 정신을 차렸을 때, 처음 본 얼굴이 녹두 누나였어요. 누나는 제 엄마나 다름없죠."

　　"버려졌다고?"

　　"네. 롯 타워 후문 쪽 계단 아래 쓰러져 있었대요. 그런 나를 녹두 누나가 발견했어요. 다행인 건 내 원체의 부모가 그리 나쁜 사람은 아니었던 같아요. 완전히 폐기하지 않고, 기억을 일부 삭제한 다음에 이곳에 버려 두고 간 걸 보면 말이죠."

　　"네 원체는 누군데?"

　　"몰라요. 그래도 원체가 컴퓨터를 좋아한 건 알겠어요. 나도 항상 컴퓨터 앞에 앉아 있게 되는 걸 보면요. 맞다, 기억을 스캔하는 프로그램 개발한 게 누군지 알아요?"

　　"누군데?"

　　"내가 했어요. 헤헤!"

은별은 해맑게 웃었다. 나는 그런 녀석의 머리를 쓰다 듬었다.

"기억을 일부를 삭제했다면, 나머지 기억은 그럼……."

그 순간, 열차 한 대가 또 도착했고 아까보다 조금 더 많은 사람이 내렸다. 그리고 여자 한 명이 천천히 이쪽으로 다가왔다. 어지러운 꽃무늬 원피스, 어울리지 않는 회색 점퍼, 황색의 스카프를 목에 둘러 얼굴의 반을 가렸다. 그녀는 망설임 없이 내게 다가와서 물었다.

"닥터 왈츠만을 찾으세요?"

그 말을 듣는 순간, 폭발할 듯 심장이 뛰었다. 녹두의 말이 맞았다! 나는 침을 꿀꺽 삼킨 다음 대답했다.

"네, 산타께서 선물을 보내셨습니다."

"잘됐군요. 마더가 기다릴 거예요."

마더, 녹두가 말한 사람이다.

여자는 스카프를 내렸고, 나는 놀라서 그대로 굳었다. 그녀는 바로 리아였다.

마지막 안부

"목표물 S-31호와 S-66호가 77번 도로를 따라 남서쪽에서 북동쪽으로 이동 중입니다. 메두사, 신호 잡았습니다. 추격합니다."

"메두사, 현재 목표물과의 거리는 약 85미터. 정면 회색 건물 옥상으로 진입합니다."

"조준경 장착, 영점 조준 완료, 목표물 확인. S-31호, S-66호, 차례로 제거합니다."

폐쇄 구역의 한 곳에서 게이머가 몹을 추격하는 장면이 재생되고 있었다. 그래픽이 아니라 드론 여러 대를 띄워 만든 실제 영상이었다. 마지막 장면을 보면서 나는 몸을 움츠렸다.

게이머의 총에 맞은 몹의 몸에서 파란 불꽃이 튀어 올랐고, 그는 온몸을 뒤틀며 쓰러졌다. 머리에 총을 맞은 몹도 머리를 감싼 채 고통스러워하면서 이쪽을 쳐다보았는데, 그의 머리는 이미 반쯤 날아가 있었다. 게이머들의 거친 대화가 이어졌다. ……잡았어, 패티 티슈 놈들. 애먹었네. 뭘 처먹고 저렇게 빨리 달리는 거야? 그래도 짜릿했어. 저것들이 눈 까뒤집고 자빠지는 거 보면 뼛속까지 시원해, 따위의 말들이었다.

"스나이퍼 게임 영상이예요. 어렵게 해킹해서 구한 건데…… 동맹시 인간들 정말 잔인하네요."

은별의 말에 나는 대꾸하지 못했다. 머릿속이 다른 생각으로 가득했다. 은별은 계속 말을 이었다.

"게이머들은 50년 전 실전에서 사용된 저격용 소총을 사용한대요. 디지털 무기보다 손맛이 더 좋다나. 총소리도 예전과 같대요. 실탄은 아니지만 플라스틱과 텅스텐을 합성한 탄환이 전자 조끼에 잘 반응하도록 설계되었다고 해요. 그런데 머리나 맨몸에 맞으면 즉사할 수도 있어요. 클론을 완전히 사냥감 취급하는 거죠."

고스트와 만나기 전에 로즈 게임 상위 레벨까지 다 익혀 두는 게 좋겠다 싶어 은별에게 게임 영상을 찾아 달라고 요청한 것이었지만, 나는 집중하지 못했다.

"내 말 듣고 있어요?"

"응? 뭐라고 했지?"

"고스트의 메시지 때문에 긴장돼서 그래요? 아직 한 시간 정도 남았잖아요."

지금은 4시 47분이고, 고스트와의 약속은 6시다. 거리도 멀지 않아서 차로 이동하면 30분 정도면 충분했다. 시간은 문제가 아니었다.

내가 집중하지 못했던 건 녹두 때문이었다. 롯 타워에서 도망쳐 세 번째 오두막에 온 지 사흘이 지났음에도 녹두에게서는 연락이 없었다. 롯 타워뿐만 아니라 제3 거류지의 소식은 모두 끊긴 상태였다. 어젯밤 리아가 말해 주었다.

"아직 제3 거류지의 소식을 알 수 없어. 그날 이후, 제3 거류지로 들어가는 모든 통행이 차단되었고, 제3 거류지 사람들도 동맹시 출입이 금지되었어. 외곽의 도시철도도 제3 거류지에는 멈추지 않고 통과한대. 철저하게 봉쇄된 모양이야. 주요 통신망까지 막아 놔서 무슨 일이 일어났는지 아무도 알 수가 없어. 다만 드론을 통해서 일부 확인한 건, 롯 타워가 무장 순찰대에 의해서 완전히 점령되었고, 제3 거류지 주민들이 많이 죽고 다쳤다는 거야."

답답해서 뉴스 채널을 틀어도 하나같이 "제3 거류지가 평화를 되찾고, 일상을 회복했습니다"라는 거짓 뉴스만 반복되었다.

은별이 잘못 보았을 거라던 장면만이 자꾸 머릿속에서 되살아났다. 정말 잘못 본 것이 맞나, 같은 질문을 수도 없이 되풀이할 수밖에 없었다.

오늘 아침, 초조하고 답답해 발만 구르고 있는 사이에 스마트 워치로 메시지가 도착했다.

고스트 님께서 장소와 시간을 보내셨습니다.

동맹시 301번 보행로, 6시, 하이퍼 루프 열차 승강장 방면, 7번 에스컬레이터.

그 메시지를 본 나는 새삼 긴장했다. 어떻게 해야 하는지 녹두에게 묻고 싶었다.

"녹두 누나 생각해요?"

은별이 가라앉은 목소리로 물었다.

"소식을 알 방법이 정말 없을까?"

"모든 방법을 다 동원하고 있어요. 그런데 동맹시가 아주 단단히 마음을 먹었나 봐요. 쉐도우 터널마저 닫힌 상태예요. 도무지 접근할 방법이 없어요."

"그럼 어떡해. 이대로 누나를 내버려 둘 수는……."

"녹두 누나는 무사할 거예요. 마더가 가장 신뢰하는 사람 중 하나니까 내버려 두지 않을 거예요."

'마더', 계속해 언급되는 그 사람을 믿는 수밖에 없었다. 재회한 후 열차를 타고서 리아가 말해 주었다. 무장 순찰대의 진압이 유독 거셌던 것은 마더 때문이었다고. 마더가 제3 거류지에 나타난다는 소문이 있어서 보안국 안보국장이 작정하고 수색에 나선 것 같다고.

나는 마더가 누구냐고 물었다. 그러나 리아는 마더가 반시연대의 실질적 지도자라는 말 외에는 입을 다물었다. 곧 알게 될 거야, 그 말만을 믿고 고개를 끄덕였다.

리아를 따라 제3 오두막, 안가(安家)에 도착했다. 눈이 가려진 채 녹두에게 끌려왔던 바로 그 장소였다.

"아무튼 우리가 지금 할 수 있는 일을 해야죠. 게임 영상 더 안 볼 거예요? 폐쇄 구역이 아닌 동맹시에서 하는 저격수 게임도 있어요. 몹을 일반 사람들 틈에 풀어놓고, 저격하는 거예요. 탄환은 전자 조끼에 반응하지만, 일반 사람들 몸에 닿으면 따끔한 정도……."

은별의 말에 나는 정신을 차리고 영상에 다시 시선을 옮겼다. 그런데 그때 방문이 열렸다. 리아가 호리호리하고 눈썹이 짙은 청년과 함께 문 앞에 있었다. 나는 자리에서 일어나며 은별과 눈인사를 했다. 걱정 어린 은별의 눈을 보며 나는 녀석의 어깨를 토닥여 주었다.

리아는 청년과 함께 앞서갔고, 나는 뒤를 따랐다.

"괜찮겠어? 혹시라도 내키지 않으면 지금이라도……."

차가 출발하기 직전, 리아가 말했다. 그 말에 나는 고개를 돌려 리아를 보았다.

"응, 괜찮아."

차는 곧 큰길로 들어섰다. 차들을 빠르게 스쳤고, 그 너머로 어느새 희뿌연 수평선이 보였다. 고가 도로를 올라남서 경관도로에 들어서자 시야가 환하게 트였다.

앞 유리창 너머로 롯 타워가 희미하게 보였다. 그걸 보자 녹두 생각에 가슴이 시렸다. 나도 모르게 크게 한숨을 내쉬었다. 그 소리를 들었는지 리아가 맥없이 늘어진 내 한쪽 손을 잡았다. 하지만 나는 손을 뺐다.

어색했다, 나는 세인이 아니니까. 내가 가진 리아에 대한 기억도 대부분 진짜 내 것이 아니니, 사실상 우리는 친구가 아닌 셈이다. 나는 팔짱을 끼고 시야에서 사라질 때까지 희뿌연 그림자 같은 롯 타워를 바라보았다.

동맹 타워가 보일 때쯤 리아가 입을 열었다.

"그런데 고스트는 왜 도심에서 만나자고 했을까? 사람이 많이 모이는 곳을 택한 이유가 있을까?"

생각해 보니 타당한 의문이었다. 다른 사람의 시선을 피할 수 있는 후미진 곳이어야 하지 않을까? 그런데 시내 중심가라니. 더구나 하이퍼 루프 열차 터미널 타워는 쇼핑몰, 영화관은 물론 호텔까지 들어선 67층짜리 대형 빌딩이었다. 건물 안팎은 늘 사람들로 시끄럽고 혼잡했다. 그걸 고스트가 모르지 않을 텐데…….

"저쪽이야!"

목적지에 도착했는지 차가 멈췄다. 리아가 광장을 가리켰다. 하이퍼 루프를 본 따서 세운 S자 모양의 상징 탑이 눈에 들어왔다. 높게 치솟은 상징 탑 중간의 금색 조형물에 서쪽으로 지고 있는 햇빛이 반사되어 눈을 찔렀다. 눈을 가늘게 뜨고 다시 그쪽을 살폈다. 상징 탑 아래 광장에서 건물 5층으로 바로 향하는 긴 에스컬레이터가 나란히 놓여 있었다. 7번 에스컬레이터를 발견했다. 어느새 약속 시간 5분 전이었다.

리아가 말했다.

"robin1023, 꼭 기억해 둬. 혹시라도 무슨 일이 생기면 어떤 컴퓨터든 접속해서 거기로 메일을 보내. 내용은 없어도 돼. 보내기만 하면 어떻게든 우리가 널 찾아낼게. 그리고 이거……."

리아가 뭔가를 내밀었다.

은색 캡슐. 내가 폐기될 뻔했던 날, 녹두가 준 CPU 컨트롤러였다.

"이걸 어떻게 네가……?"

"필요할지도 모른댔어. 그날, 너를 만나러 가면서 마지막으로 연락했을 때 녹두 언니가 말해 줬어."

나는 은색 캡슐을 주머니에 넣었다. 그때 리아의 바이오 워치에 비상 전화가 걸려 왔다.

"응, 은별아. 무슨 일……."

리아가 은별의 홀로그램을 보고 놀란 듯 말을 잃었다. 내가 봐도 홀로그램 속 은별의 모습이 심상치 않았다. 고개를 푹 숙이고 어깨를 들썩이고 있었다.

"은별아, 무슨 일이야!"

은별이 양손을 모아 앞으로 내밀었다. 손 안에는 인식표가 있었다.

"그거 누구 거야? 설마, 아니지?"

리아가 애타게 물었지만 은별은 대답하지 않고 어깨만 들썩였다. 순간, 인식표의 주인이 누구인지 알 것 같아 나는 숨이 턱 막혔다.

"어떻게 해요……."

은별이 울먹이며 말했다.

"제발 진정하고 어떻게 된 건지 자세히 말해 봐."

리아의 재촉에도 은별은 울먹이기만 할 뿐 좀처럼 말을 잇지 못했다. 그때 다른 사람이 나타났다. 녹두 또래의 남자로, 오른쪽 이마와 콧등에 긁힌 듯한 상처가 있었다.

"순찰대 요원들이 롯 타워에 진입하는 과정에서 주민들과 거센 싸움을 벌였어요. 많은 사람이 다쳤죠. 녹두가 롯 타워로 진입하는 놈들에게 부상자들에게는 손대지 말라고 말하며 막았는데…… 그들이 그녀의 말을 들을 리가 없었죠. 전기충격봉으로 머리를 때리고, 쓰러진 사람들을 끌어내 밖에다 내동댕이 치고 짓밟았어요. 요원들이 다 휩쓸고 지나간 뒤에야 수많은 부상자 사이에서 녹두를 찾아낼 수 있었어요. 하지만 이미……. 우리는 그녀의 인식표와 메모리만 겨우 회수했어요. 그녀가 남긴 마지막 음성 메시지가 있어요. 들어 보실래요?"

잠시 후 귀에 익은 목소리가 흘러나왔다.

―내 목소리를 듣는 그 누구라도 용기를 잃지 말아요. 여기서 멈추면 우리는 아무것도 얻을 수 없어요. 우리를 가로막고 있는 저 벽을 향해 나아가 주세요. 그리고 은별, 세인, 우리는 너희들이 필요해. 그러니까 무사해야 해. 조안, 당신 덕분에 행복했습니다.

녹두의 메시지는 그렇게 끝났고, 다시 남자가 말했다.

"……당분간 반시연대의 모든 어게인스터는 활동을 멈추고 대기하라는 마더의 공식적인 호소가 있습니다. 더 자세한 내용은 오두막에서 들려 드릴게요."

그리고 그의 홀로그램은 사라졌다. 하지만 나는 그대

로 굳어 버렸다. 방금 내가 무슨 말을 들은 걸까?

"그럴 리 없어! 아니야……."

고개를 저으며 중얼거렸다. 숨을 쉴 수가 없었다. 그런데 갑자기 내 스마트 워치의 액정이 녹색으로 빛나며 AI 음성이 울렸다.

고스트 님께서 메시지를 보내셨습니다.

7번 에스컬레이터에 탑승하고 다음 메시지를 기다리십시오.

리아가 운전석을 향해 재빨리 말했다.

"우선 오두막으로 돌아가요."

차가 급출발했다. 나는 좌석 등받이에 쓰러지듯 기댔다. 차창으로 광장과 그 너머에 있는 12개의 에스컬레이터가 보였다. 차는 곧 광장을 지나고 도심 중앙로에 들어섰다. 하지만 그때까지도 나는 온몸에 힘이 빠져 축 늘어진 채 있었다.

'아니야. 아닐 거야! 녹두가 죽었다니.'

다시 스마트 워치가 붉은빛을 냈다.

고스트 님께서 메시지를 보내셨습니다.

R2 님은 약속 장소에 나오지 않았습니다. 약속 시각과 장소를 변경합니다. 6시 30분, 11번 에스컬레이터 아래쪽에서 대기하며 다음 연락을 기다리세요.

메세지가 귀에 들어오지 않았다. 그저 지금 나쁜 꿈을 꾸는 것만 같았다.

유독 반짝이던 돌탑이 생각났다. 이런 아름다운 무덤을 본 적이 있냐고 묻던 녹두의 얼굴과 제3 거류지 사람들은 오로지 인식표 하나로만 기억된다는 말도.

슬픔과 함께 분노가 치솟았다. 롯 타워에서 달아나던 날, 시민들을 무차별 진압하던 순찰대 요원들의 모습이 떠올랐다. 거리에서 요원에게 쫓기던 아이의 겁에 질린 얼굴과 처음 제3 거류지에 오던 날 만났던 외눈박이 소녀의 얼굴까지 생생했다. 녹두가 마지막으로 남긴 메시지가 줄곧 귓가에 맴돌았다. 조안이 누구인지 알 수 없었으나, 그 말 외에는 모두 나에게 하는 말처럼 들렸다.

'이대로 돌아갈 순 없어.'

나는 운전석을 향해 말했다.

"차 돌려 주세요."

"무슨 말이야?"

리아가 나를 막으며 말했다.

"말 그대로야. 고스트를 만나야지."

나는 이번만큼은 머뭇거림 없이 대답했다.

"위험해. 마더가 지금은 활동하지 말라고 요청했잖아. 일단 돌아가서 생각해 보자."

"이 일은 언제라도 위험해. 그리고 난 마더를 몰라. 너도 마더에 대해서 이야기해 준 적 한 번도 없잖아. 그런데 왜 내가 마더의 명령에 따라야 하지? 난 반시연대 소속이 아니야."

"그건……."

"너를 탓하는 건 아니야. 너희들은 너희들의 일을 해. 난 내가 할 수 있는 일을 할게. 녹두가 그랬잖아. 용기를 내라고."

"그럴 수 없어. 너까지 잘못되기라도 하면?"

"정말 나를 걱정하는 거야? 아니면 반시연대가 위험에 빠질까 봐? 어차피 이런 위험한 일들 때문에 나를 여기까지 끌어들인 거잖아, 안 그래?"

나는 리아에게 까칠하게 되물었다. 그럴 필요까지 없다는 것을 알면서도 분노와 초조함 때문에 멈출 수가 없었다. 리아가 당황하는 표정이 역력했다. 그때 다시 메시지가 도착했다.

고스트 님께서 메시지를 보내셨습니다.
6시 30분 11번 상행 에스컬레이터를 타지 않으면 R2 님의 스마트 워치는 자동으로 로그아웃되며, 더 이상 사용할 수 없습니다.

시간은 고작 13분 정도밖에 남지 않은 상태였다. 나는 다시 목소리를 높였다.

"저는 꼭 가야 해요. 서둘러 주세요! 제발요."

운전석에 앉은 청년이 뒤돌아보았다. 리아는 고개를 저었다. 시간상으로 불가능하다는 뜻 같았다. 내가 생각해도 자율주행 차의 속도로는 제시간에 도착할 수 없었다. 청년이 나를 보고는 길게 한숨을 내쉬었다. 그러다 잠시 후, 그는 운전대를 잡고 운전석 오른쪽 옆 반원 모양의 붉은 단추를 눌렀다. 스피커에서 안내 목소리가 들렸다.

―자율주행 모드가 해제되었습니다. 수동운전 모드로 전환합니다.

차의 속도가 급격히 올라가는 동시에 스피커에서 경고음이 흘러나왔다.

―제한 최고 속도를 넘었습니다. 교통 법규 위반입니다.

하지만 그는 아랑곳하지 않고 질주했다. 앞서가던 차를 하나둘 거침없이 따돌리고 앞으로 나아갔다. 그럴수록 경고는 더 요란해졌다.

―속도를 줄이세요. 보안국의 추적 조사를 받을 수 있습니다.

그래도 그는 속도를 유지했고, 아까 멈춰 섰던 곳에 이르러서야 급정거했다. 6시 28분이었다. 나는 빠르게 차에서 내렸다. 따라 내린 리아가 막 내달리려는 나의 팔을 붙잡았다.

리아는 말없이 나를 뚫어지게 바라봤다. 리아의 맑은 눈 속에 모든 말이 담겨 있었다. 조심해, 꼭 돌아와. 그런 말들. 나는 고개를 끄덕이고 얼른 등을 돌렸다. 녹두가 생각나 마음이 약해질 것만 같았다.

사람들과 어깨를 부딪쳐 가며 내달린 끝에 11번 에스

컬레이터 앞에 도착해 시계를 보니, 정확히 6시 30분이었다. 에스컬레이터 옆에는 '6층 쇼핑몰 전용'이라 쓰인 안내판이 보였다. 나는 얼른 올라타 숨을 몰아쉬며 하행 에스컬레이터로 지나치는 사람들과 주변 사람들을 살폈다.

곡선 구간에 접어든 에스컬레이터는 왼쪽 옆으로 완만하게 휘었다. 구간을 다 통과하자 위편으로 쇼핑몰 안내판이 보였다.

그때, 누군가 뒤에서 다가오는 기척이 느껴졌다. 경계할 틈도 없이 뭔가 어깨에 툭 걸쳐졌다. 노란색 조끼였다.

"돌아볼 필요 없어. 이 에스컬레이터가 끝나는 곳에서 게임이 시작된다. 30분만 버티면 돼. 어디서 너를 저격할지 몰라. 요령껏 피해 다녀. 네가 이기면 우리는 다시 만날 수 있는 거고 아니면 여기서 끝이야. 조끼를 벗고 도망가도 그걸로 끝이지. 행운을 빈다, 능력자. 아니, R2."

익숙한 낮은 목소리. 누구인지 알 것 같았다.

'포레스트야.'

게임이라는 말을 듣고 보니 색을 입혀 위장했을 뿐, 이게 전자 조끼인 것을 알 수 있었다.

"게임이라니 갑자기 무슨……?"

포레스트는 내 말에 대꾸할 생각이 없는지 곧바로 나를 지나쳐 위편으로 올라갔다. 나는 놀란 마음을 가라앉히려 길게 숨을 내쉬었다.

'도심 한복판에서 게임이라니!'

의아했지만 은별이 했던 말이 떠올랐다. 도심에서 하는 건 바로 '저격수 게임'. 미처 영상은 보지 못했지만, 그걸 말하는 게 틀림없었다. 비로소 나는 고스트가 왜 도심 한복판을 약속 장소로 잡았는지 이해가 되었다.

'이 게임으로 나를 시험하려는 거야.'

나는 침을 꿀꺽 삼켰다. 에스컬레이터가 6층 쇼핑몰에 다다랐다. 내리려는 순간, 뭔가가 목을 스쳐 지나가 안내 간판에 박혔다.

"헉!"

게임은 벌써 시작된 것이다. 나는 몸을 숨기기 위해 재빨리 쇼핑몰 쪽으로 달려갔다. 탄환이 내 뒤를 따라오듯 연속적으로 바닥에서 튀었다.

"죽일 생각인가?"

나는 중얼거렸다. 웅성대는 사람들 틈으로 들어가 자세를 낮추고 저격수를 찾았다. 그런 내 모습이 이상했는지 사람들이 비켜섰다. 의심스러운 눈길로 힐끗거리는 사람도 있었다. 나는 눈에 띄지 않는 선에서 최대한 빠르게 걸었다. 잠시라도 멈출 수는 없었다.

의류 매장 쪽으로 향했다. 수백 개의 매장이 바둑판처럼 늘어서 있었다. 캐주얼 브랜드 매장을 지나 신사복 매장에 접어들 때, 정장을 차려입은 남자의 얼굴에 탄환이 박혔다. 퍽, 소리가 나면서 남자의 피부가 찢어졌다. 피는 나지 않았다. 살아 있는 사람이 아니었기 때문이다. 동물의 피부조직을 이용해 만든 마네킹이었다.

'얼굴에 쏘다니.'

가슴이 덜컥 내려앉았다. 얼른 마네킹 뒤로 숨고 탄환이 날아온 방향을 가늠해 보았다. 그때 건너편 여성 의류 매장 마네킹 뒤로 급히 몸을 감추는 사람의 모습이 눈에 들어왔다. 노란색 안경을 끼고 있었다.

'저격수다.'

거리를 확보하기 위해 몸을 돌렸다. 뛰는 순간 탄환 하나가 귓가를 스치고 지나갔다. 익숙한 스마트 건의 탄환이었다.

일단 뒤편 아동용 의류 매장을 빠르게 지나갔다. 최대

한 조용히 오른쪽 통로와 왼쪽 통로를 번갈아 꼬아 달리다 엄폐력이 있어 보이는 스포츠 용품 매장으로 들어갔다. 자세를 잔뜩 낮추고 진열품들 사이를 누볐다. 이제 저격수의 탄환은 날아오지 않았다.

스키와 스노보드 매장을 지날 때, 앞쪽에서 노란색 안경을 낀 남자가 사람들 틈에서 걸어오는 게 보였다. 그건 요즘 흔히 쓰는 안경이 아니었다. 노란색 안경이 바로 이번 게임의 게임용 고글이었다. 입고 있는 옷이 달랐지만 틀림없었다. 이건 싱글 게임이 아니었다.

내가 알아챈 순간, 남자가 주머니 속에 넣고 있던 손을 꺼냈다. 스마트 건이 보였다. 나는 손을 잡고 걷고 있는 두 행인 뒤로 몸을 숨겼다. 그러자 저격수가 다시 손을 주머니에 넣었다. 하지만 내가 그를 비껴가려 할 때 그가 내 쪽으로 팔을 뻗었다. 나는 미리 봐 둔 물건들을 활용하기로 했다. 통로 쪽 진열대에 전시된 스키 한 쌍을 저격수 쪽으로 떠밀었다. 저격수는 스마트 건을 사용하는 대신 쓰러지는 스키를 붙잡아야 했다.

"어어어엇!"

저격수가 소리를 치며 넘어지자 사람들의 시선이 몰

렸다. 나는 그 틈을 이용해서 맞은편에 있는 에스컬레이터에 올라탔다. 7층 푸드 코트로 가는 에스컬레이터였다. 저격수가 따라오는 기미는 보이지 않았다.

다행이다 싶어 가슴을 쓸어내리려는 찰나, 그게 착각이었음을 깨달았다. 이건 그렇게 쉬운 게임이 아니었다. 하행 에스컬레이터에 지팡이를 짚고 선 할아버지가 노란색 안경을 끼고 있었다. 저격수였다.

두 계단 위에 있는 남자 뒤편으로 숨었으나 저격수가 쏜 탄환은 내 전자 조끼의 옆구리를 뚫었고, 강한 전류가 온몸에 흘렀다.

"으아악!"

체내에 전류가 통과하는 생경한 느낌과 함께 온몸이 타들어 가는 고통이 밀려왔다. 고통 때문에 무릎이 꺾였지만 버티기 위해 발끝에 힘을 주었다. 정신을 잃지 않으려고 애쓰는 나에게 누군가 다가오고 있었다. 눈앞이 점점 캄캄해졌다.

슈퍼 클론

같은 꿈을 꾸었다. 나는 수술대 위에 누워있고, 누군가가 나의 몸에서 심장과 허파, 뼈까지 발라서 비닐 지퍼백에 담았다. 마지막으로 머리가 쓰레기통에 버려질 때, 희미하게 정신이 들며 낯선 목소리가 들렸다.

"……결국 이 아이도 패티 티슈에 불과합니다. 그냥 돌려보내자고 하셨습니까? 그럼 얼마 지나지 않아서 다른 패티 티슈들처럼 제3 거류지 뒷골목에서 안다미로를 구걸하게 되겠죠. 이 아이들은 모두 박사님이 만들어 내셨습니다. 그러니 더욱 책임을 지셔야 합니다. 아이들에게 영원한 생명을 주는 일에 왜 협조하지 않으십니까? 만약 이번에도 협조하지 않으시면, 저도 더는 박사님을 안전하게 보호할 수 없습니다."

패티 티슈, 안다미로, 그런 단어들을 들으니, 섬뜩한 꿈의 연장선 같았다. 하지만 그것이 나를 향한 말이고 이곳이 현실임을 깨달았다. 눈을 떴는데 시야가 희뿌옇기만 했다. 아무것도 보이지 않았다. 몸을 움직이려고 애썼지만 조금도 움직여지지 않았다. 다행인지 불행인지 청각만은 멀쩡했다.

"내가 원하는 건, 이 아이들이 보통 사람 정도의 수명을 갖게 하는 것이오. 그런데 당신은 클론이 가지고 있는 사고능력과 자율성을 제거하고 괴물을 만들고 있소. 나중에 무슨 일이 생길지 생각해 보았소?"

절박하고 애타는 목소리였다.

"좋습니다, 박사님. 그럼 카멜레온에 대한 이야기는 나중에 하겠습니다."

"카멜레온은 없어요. 그건 그저 헛소문일 뿐이라고 몇 번을 말했잖소. 그게 있었다면, 내가 왜 진작 휴먼 AI 4세대를 개발하지 않았겠소. 이제 그만 좀 해요. 당신 정말 미쳤군."

박사라 불리는 사람의 말은 거칠고 짜증스러웠다. 숨

을 가쁘게 쉬며 말을 멈추기도 했다. 무슨 대화인지 알 수 없었지만, '휴먼 AI 4세대'라는 단어만 똑똑히 들렸다.

'4세대를 만들 수 있는 사람이면…… 박사가 닥터 솔로몬일지도 몰라.'

긴장감에 목구멍이 바싹바싹 타들어 갔다. 정신을 차리고 지금 상황을 파악하려 애썼다. 쇼핑몰에서 저격수의 총에 맞아 정신을 잃기 직전, 누군가 내게 다가온 게 마지막 기억이었다.

'지금 나는 어디 있는 걸까? 왜 눈조차 뜰 수 없는데 소리는 들리고 정신은 멀쩡하지…… 아!'

비슷한 경험을 했던 기억이 떠올랐다.

'은색 캡슐!'

녹두가 준 CPU 컨트롤러를 삼키고 병원에서 겪은 일이 생각났다. 그때도 지금과 똑같은 경험을 했다. 몸은 말을 듣지 않았지만, 청각은 온전해서 주치의와 간호사가 내뱉는 모든 이야기를 듣지 않았던가. 하지만 리아가 준 은색 캡슐은 그대로 주머니 안에 있을 텐데, 어떻게 된 영문인지 알 수 없었다.

나는 다시 한번 몸을 움직이고, 눈을 뜨려고 노력했다.

하지만 여전히 아무것도 할 수 없었다.

"하지만 박사님은 카멜레온을 어떤 식으로든 우리에게 전달해야 할 겁니다. 휴먼 AI 4세대를 기다리는 사람들이 한둘이 아니거든요."

"카멜레온은 휴먼 AI 4세대를 만들기 위한 알고리즘이 아니라 죽음이 임박한 클론을 치료하기 위한 의료 수단일 뿐이오."

"그걸로 뭘 할지는 우리가 결정합니다. 박사님은 카멜레온을 찾아 주시기만 하면 됩니다. 그래서 이렇게 실험용 클론을 수집하여 모두 박사님께 전달해 드리는 것이고요. 그게 아니라면 우리가 왜 위험을 무릅쓰고 박사님께 휴먼 AI 3세대를 수집해 드리겠습니까? 슈퍼 클론을 위해서? 아니요, 그 정도의 기술은 우리에게도 있습니다."

카멜레온이 무엇일까 궁금했지만 그보다 중요한 건 내가 지금 '수집된 실험용' 클론 상태라는 것이다. 녹두가 만나러던 닥터 솔로몬, 그일지도 모르는 사람이 바로 앞에 있는데 아무것도 할 수 없는 상태라니!

답답한 마음에 소리라도 치고 싶은 순간, 왼쪽 손가락 끝에 아주 미세한 감촉이 느껴졌다. 처음에는 뭔가 슬쩍 스치는 정도의 느낌이었다. 그러나 그 느낌이 사라지지 않고 반복되었다. 그리고 조금씩 강해졌다. 감각이 돌아오고 있는 것일까. 조금 더 시간이 지나니 그 촉감이 집게 손가락 끝 쪽에서 오고 있다는 걸 알아차렸다.

톡토옥, 토오옥톡, 톡톡톡, 톡토옥토오옥, 톡토오옥톡…….

똑같은 간격으로 계속되는 감촉. 누굴까? 닥터 솔로몬일까?

"슈퍼 클론이 얼마나 위험한지 알고 있지 않소? 특히 휴먼 AI 3세대로 만들어진 슈퍼 클론의 자율성은 아직 남아 있는 상태란 말이오. 당신들에게도 큰 위협이 될 수 있소."

닥터 솔로몬이 말할 때도 내 손끝에는 반복적인 자극이 왔다.

톡토옥, 토오옥톡, 톡톡톡, 톡토옥토오옥, 톡토오옥톡…….

하지만 이게 무슨 의미인지 도무지 이해할 수가 없었다.

"설마 박사님이 우리를 걱정하시는 겁니까? 우리가 진정 염려하는 건, 게임이 재미없어지는 겁니다. 그건 곧 고객을 잃는다는 뜻이니까요. 동맹시의 부자들은 지금도 로즈 게임을 신청하고 있습니다."

"이 게임은 불법이요!"

"하하하! 박사님은 제 동업자가 누구인지 모르시는 모양이군요. 그건 박사님이 걱정할 문제가 아닙니다."

톡토옥, 토오옥톡, 톡톡톡, 톡토옥토오옥, 톡토오옥톡……

계속해서 이어지는 규칙적인 촉감. 마침내 그것이 어떤 신호일지도 모른다는 생각이 들었다. 가만히 신호를 느꼈다. 첫 신호는 짧게 한 번 툭 건드리고 연이어 길게 누르듯 한 번. 그다음은 잠깐 쉬었다가 길게 누르다 짧게 한 번, 또 조금 쉬고 연속해서 짧게 세 번을 누르고, 또 쉬고 길게 두 번……

'이런 식의 신호가 있었던가?'

아주 오래된 신호 방법이 틀림없었다. 고민했지만 잘 떠오르지 않았다.

"이봐요. 동맹시 사람들을 위해 너무나 많은 클론이 희생되었어요. 이제 그만할 때도 되었소. 아무리 클론이라도 한 번 죽는 것도 모자라 두 번 세 번 죽어야 하는 건 너무 끔찍하지 않소?"

두 번 세 번 죽는다……. 그의 말을 곱씹어 보다가 신호의 정체를 알아냈다.

'모스 부호!'

리아와 녹두를 처음 만나던 날, 모스 부호에 관한 이야기를 했었다. 처음 몸으로 게임에 참여한 날에는 녹두가 빨간 버튼이 있는 막대 모양 통신 수단을 주면서 모스 부호 이야기를 했고.

하지만 정체를 아는 것보다 더 큰 문제가 있었다. 나는 모스 부호에 대해 아는 게 없어 신호를 해석할 수가 없었다. 순간 암담해졌지만 다시 마음을 굳게 먹었다.

'아니야. 녹두가 그랬어. 나는 의지에 따라서 얼마든지 어디서든 정보를 얻고 딥 러닝을 할 수 있다고. 내 의지만으로! 나는 나 자체로 하나의 완벽한 컴퓨터라고.'

침착하게 모스 부호에 대해 파악해 보려 애썼다. 그러자 신기하게도 모스 부호에 대한 정보가 마치 이미 알고 있는 기억처럼 떠올랐다. 그리고 이제 손가락이 보내는 신호를 읽어 낼 수 있었다.

a, n, s, w, e, r, t, h, e, s, i, g, n, a, l.

—신호에 답해.

정말로 내게 보내는 신호였다! 놀람과 동시에 극도의 긴장에 사로잡혔다.

'어떻게 신호에 답하지? 지금 움직일 수가 없는데…….
그런데 나한테 신호를 보내는 의도가 뭘까? 혹시 함정이 아닐까.'

나는 섣불리 행동하지 못했다. 그런 중에도 신호는 반복되었다. 결국 답하기로 마음먹었다.

조금이라도 손끝을 움직여 보려고 애썼다. 자극이 느껴지는 걸 보면 움직일 수도 있을 것 같았다. 온 신경을 손끝으로 모았다. 내가 반응을 하고 있는지 아닌지조차 알 수 없었지만, 그래도 안간힘을 썼다.

어느 순간, 신호가 바뀌었고 나는 그것을 읽어 내기 위해 집중했다.

• • • • •   • —   • • • —   • — — — —   • • •   — • — • —   • — • — •   •

h, a, v, e, t, o, e, s, c, a, p, e.

—탈출해야 해.

그 말에, 신호를 보내는 쪽이 박사라는 확신이 들었다. 나는 다음 신호를 기다렸다. 몇 번 같은 신호를 반복하던 박사는 잠시 후 다른 신호를 보내왔다.

—곧 몸이 깨어남. 5분 후 회복. 현재 상태 위장 요망.

신호를 받은 후 발끝에서부터 감각이 살아나기 시작했다. 그리고 누워 있는 바닥이 딱딱하다는 게 점차 느껴졌다. 눈을 뜰 수도 있을 것 같았지만, 박사의 말대로 계속 잠든 척했다. 박사가 다시 신호를 보냈다.

—11시 방향 3미터 앞, 3시 방향 5미터 앞에 각각 감시 요원 1명. 스마트 건으로 무장.

나는 침을 꿀꺽 삼키고 숨을 죽였다.

"박사님, 클론은 어차피 소비재일 뿐입니다. 아니, 동맹 시민이 아닌 이는 누구나 그렇죠. 그게 클론이든 위성지구 사람이든 말이에요. 박사님도 잘 아실 텐데요?"

"고스트, 억지 부리지 마시오! 아무도 그렇게 생각하지 않아요."

박사가 소리치듯 말했다.

'고스트라니? 지금 이곳에 고스트가 함께 있단 말인 가?'

극심한 긴장감에 몸을 떠는 순간, 온몸의 감각이 돌아 왔다. 현재 위치에서 11시 방향과 2시 방향을 가늠했다. 박사가 5분이 지났다는 신호를 보냈다. 나는 잠시 숨을 멈췄다. 그리고 동시에 눈을 뜨고 몸을 일으켰다. 재빨리 침대 옆 트레이에 놓인 주사기를 집어 11시 방향을 향해 던졌다.

"어억!"

주사기가 목덜미에 꽂힌 요원이 쓰러졌다. 나는 침대 에서 몸을 굴려 바닥으로 내려와 곧장 2시 방향에 있는 남자에게 달려갔다. 그리고 미끄러지며 남자의 다리를 걸 어챴다.

퍼퍽! 남자가 넘어지면서 그의 스마트 건이 반동으로 발사되어 천장의 전등 몇 개가 깨졌다. 유리 조각이 머리 위로 떨어지자 박사를 수행하던 간호사는 새파랗게 질려 서 비명을 지르며 밖으로 뛰어나갔다.

"박사! 지금 무슨 짓을 한 겁니까?"

벽면의 대형 스크린에서 나는 소리였다. 스크린 속에는

남자가 한 명 앉아 있었는데, 뒤에서 강한 빛이 쏟아져서 얼굴은 보이지 않고 실루엣만 보였다. 마치 고스트처럼.

나는 주위를 두리번거렸다. 동맹시 메디컬 센터의 수술실과 비슷한 구조였다.

"뭘 하고 있어? 거기 가운 걸치고 이쪽으로 와라!"

수염이 덥수룩하고 깡마른 중년 남자가 내게 손짓했다. 나는 수술대 위에 놓여 있던 가운을 걸치고 따라갔다. 스크린 속 고스트가 소리를 질렀다.

"포레스트, 놈들을 잡아!"

그 목소리는 박사와 함께 복도를 뛸 때도 계속 들려왔다. 박사는 복도 끝까지 가서 계단을 내려갔다. 하지만 두어 층을 내려가다 갑자기 멈췄다. 아래에서 위로 올라오는 여러 발소리가 들렸기 때문이었다. 박사는 한 층을 거슬러 올라가 오른쪽 첫 번째 방문을 열고 들어갔다.

방 안은 어두웠다. 반대편 창문에서 희미한 빛이 어른거렸다. 그쪽으로 걸으면서 돌아보니 방은 작은 물류 창고처럼 천장에 닿을 듯한 높이의 선반이 여러 줄 늘어서 있고, 칸마다 상자들이 잔뜩 쌓여 있었다. 박사는 빛이 들어오는 창 쪽을 향해 곧장 달려가 창을 열고 밖으로 나갔다.

밖에는 좁은 베란다밖에 없었다. 맞은편 하늘이 저물어 가는 태양빛으로 환하게 빛났다. 나는 눈이 부셔 아래를 내려다보았다. 못해도 6, 7층 높이는 되는 듯했다. 맞은편에는 뼈대만 남은 낡은 건물이 있었고, 그 너머로 얼핏 낡은 시가지의 풍경이 보였다. 위성지구 중 한 곳 같았다.

박사는 잠시 나를 보며 망설이다가 베란다 난간을 넘어서서 난간 아래를 붙잡고 매달려 아래층 베란다로 내려갔다. 나도 똑같이 따라 했다. 두 층을 내려간 후에 박사는 창을 열고 다시 방으로 들어갔다.

조심스럽게 박사의 뒤를 따르던 나는 깜짝 놀라 걸음을 멈췄다. 전체적으로 주홍빛 조명이 은은하게 켜진 방 안에 수십 개의 유리관이 늘어서 있었다. 그리고 그 안에 사람이 누워 있었다. 그런 유리관이 30개는 되는 듯했다. 박사는 유리관 벽면에 붙어 있는 빨간 단추를 일일이 누르기 시작했다. 단추가 눌린 유리관은 불이 꺼졌다.

"······이건 슈퍼 클론을 충전하는 기계야. 너도 이 녀석들과 똑같은 괴물이 될 뻔한 거다."

박사는 혼잣말처럼 내게 말했다. 선뜻 이해하기 어려웠다. 유리관 안에 누워 있는 클론들은 괴물이라 불릴 만큼

덩치가 크거나 기괴한 모습도 아니었다. 그저 평범한 사람처럼 보였다. 나는 잠깐의 침묵 후에 박사에게 물었다.

"그런데 박사님이 닥터 솔로몬인가요?"

"그럼 내가 누군 줄 알고 따라왔어?"

닥터 솔로몬이 투박하게 대꾸했다.

그는 빠르게 유리관의 빨간 단추를 모두 누른 뒤, 출입문으로 가서 귀를 댔다. 바깥의 동정을 살피는 것 같았다. 나는 닥터 솔로몬 근처에 거리를 두고 앉았다. 바깥에서 가끔 발소리가 들렸다. 소리는 커졌다가 작아지길 반복했다. 닥터 솔로몬은 그 소리가 사라지기를 기다리는 것 같았다.

"누가 널 이리로 보냈지?"

발소리가 들리지 않게 되었을 때 닥터 솔로몬이 말을 걸었다.

"너는 제3 거류지에서 납치당한 것 같지는 않아. 몸이 너무 깨끗하고 잘 관리되었고 캡슐을 갖고 있었지."

"네?"

"놀라긴! 네 녀석이 이곳에 도착했을 때, 수술 준비하려고 옷을 벗기다 네 주머니에서 찾았다. CPU 컨트롤러는 내가 만든 것이니 바로 알아봤어. 그걸 네 입에 넣었다."

나는 고개를 끄덕였다. 내 몸이 동맹시 메디컬 센터에서처럼 작동한 이유는 역시 CPU 컨트롤러를 삼켰기 때문이었다.

"조안이 보냈을 리는 없고……. 그래, 그 이야기는 차차 듣기로 하고. 아무튼 누군가 너를 내게 보낸 이유가 있을 것 같아서 살리려고 마음먹었지. 이게 잘하는 짓인지는 모르겠다만."

닥터 솔로몬은 혼잣말하듯 말했다. 온통 낯설고 내가 이해할 수 없는 말이라 쉽사리 입이 떨어지지 않았다. 그가 덧붙이듯 말했다.

"그나저나 모스 부호를 읽어 낸 걸 보면, 네 녀석도 보통은 아니야. 가만, 그러고 보니 네가 혹시……?"

담담하게 말하던 닥터 솔로몬은 고개를 갸웃거렸다. 나는 잠시 그를 쳐다보다가 나도 모르게 대답했다.

"그냥…… 손끝에 신호가 느껴졌어요."

"그래. 네 몸속에는 외부 충격에 아주 민감한 고밀도 센서가 수도 없이 장착되어 있지. 그 센서들은 CPU가 통제

되더라도 반복적인 자극이 오는 부분으로 이동해. 네 몸의 이상 상태를 파악하기 위해서."

그는 말을 하다가 갑자기 벌떡 일어났다.

"자, 따라와라. 여길 빠져나가자."

나와 닥터 솔로몬은 양쪽 벽이 희게 칠해진 복도를 달렸다. 똑같은 문이 양쪽으로 일정한 간격을 이루며 나 있었다. 그것들을 모두 지나쳐 계단 아래로 내려갔다. 두 층을 더 내려간 다음 앞을 막아선 철문을 열었다.

땅거미가 잔뜩 내린 어두운 골목길이 나왔다. 순찰대 요원들에게 쫓겨 다닐 때 지나쳤던 제3 거류지의 뒷골목이 떠올랐다. 붉은 안다미로 봉투와 구석마다 쭈그리고 앉은 패티 티슈들이 없다는 것만이 달랐다.

나는 닥터 솔로몬을 따라 골목 끝에 위치한 주황색 가로등을 향해 걸었다. 골목을 빠져나가기 전에 닥터 솔로몬은 걸음을 멈췄다. 가로등 불빛을 등지고 선 두 개의 시커먼 그림자가 눈에 들어왔다.

"슈퍼 클론이야. 아니, 지금은 괴물 클론에 더 가깝겠네."

그 말에 나는 반사적으로 닥터 솔로몬 앞으로 나섰다.

얼핏 보면 보통의 클론 같았다. 다만 눈빛이 날카롭고 몸이 탄탄해 보였다. 나는 곧바로 놈들을 향해 내달렸다. 도망칠 게 아니라면 먼저 공격하는 게 나을 거란 판단에서였다.

정면으로 달리다가 왼쪽으로 조금 비켜났다. 뒤에서 달려오는 놈의 시야를 가리기 위해서였다. 놈과의 거리가 얼마 남지 않았을 때, 몸을 띄우고 발을 뻗었다. 앞에 있던 놈이 방어 자세를 취했다. 나는 전신의 힘이 발바닥에 실리도록 무릎을 접었다가 쭉 뻗었다. 발이 앞선 놈의 가슴에 강하게 부딪혔고, 두 놈이 도미노처럼 차례로 나가자빠졌다.

나는 바닥을 한 바퀴 구른 후, 반동으로 몸을 일으켰다. 놈들은 충격이 컸던지 잠시 일어나지 못했다. 앞선 놈은 유독 흰 얼굴에 대머리로, 눈썹조차 없었다. 뒤따르던 놈은 왼쪽 팔뚝 전체에 불꽃 문신이 새겨져 있었다.

"제법이구나."

닥터 솔로몬은 넘어진 놈들을 피해 골목을 빠져나갔다. 나도 따라 나가려는데, 발목에 뭔가가 묵직하게 걸렸다. 문신한 클론이 내 한쪽 발목을 붙잡고 있었다. 머리에서 피가 흐르는데도 아랑곳하지 않는 놈의 손아귀 힘이 거셌다. 발을 흔들었지만, 클론은 손을 놓지 않았다. 나는 다른 발로 놈의 팔을 걸어챘다. 뚜뚝, 소리가 났다. 놈의 팔이 부러진 게 틀림없었다. 그런데도 놈의 손은 내 발목에서 떨어지지 않았다. 고통을 느끼지 못하는 것인지 표정의 변화조차 없이 내 발목만 초점 없는 눈으로 바라보고 있었다.

이상한 건 또 있었다. 눈동자가 붉었다. 붉은빛은 밝아졌다가 흐려지기를 반복했는데, 그 모습이 더욱 기괴하게 느껴졌다.

"이거 놔!"

나는 두려움에 소리를 지르며 놈의 팔을 한 번 더 걸어챘다. 또다시 뚝, 소리가 나면서 놈이 떨어져 나갔다.

하지만 나는 바로 달아나지 못했다. 이번에는 흰 얼굴의 클론이 내 어깨를 붙잡았기 때문이다. 거칠게 밀자 놈은 쓰러졌다. 하지만 다시 벌떡 일어났다. 놈 역시 무표정한 얼굴에, 초점이 없는 붉은 눈을 하고 있었다.

놈은 나를 향해 달려들었다. 나는 옆차기를 날렸지만 놈의 몸에 닿지 못하고 오히려 넘어졌다. 문신 클론이 다시 내 발목을 붙잡은 것이다. 나는 문신 클론의 어깨를 힘껏 걷어찼다. 다행히 이번에는 한 번에 놈의 손아귀에서 빠져나올 수 있었지만, 동시에 흰 얼굴 클론이 내 옆구리를 머리로 들이받았다.

"헉!"

나는 비명을 질렀다. 잠시 숨을 쉴 수가 없었다. 도망치기 위해 옆으로 몸을 굴렸지만 놈은 따라와 나를 향해 몸을 날렸다. 결국 놈은 나를 깔고 앉더니 두 손으로 내 목을 졸랐다.

나는 버둥거렸지만 빠져나가지 못하고 몸부림쳤다. 그러다 왼손에 벽돌이 닿았고 그것을 휘둘러 놈의 머리를 가격했다. 벽돌이 부서지며 놈의 머리가 흔들렸다. 동시에 목을 죄던 힘이 느슨해져 나는 놈의 손목을 붙잡아 꺾을 수 있었다. 놈은 괴성을 지르며 땅바닥에 털썩 주저앉았다. 하지만 표정은 그대로였다. 이마에서 피가 흐르는데 멍한 눈으로 이쪽을 바라보기만 했다.

"뭐 하고 있어?"

닥터 솔로몬이 골목 끝에서 소리쳤다. 나는 겨우 몸을 일으켜 절뚝거리며 그 자리를 떠났다.

골목을 나가도 길이 조금 넓어졌을 뿐 큰 도로는 아니

었다. 낡은 주택들이 작은 상가와 뒤섞인 게, 아마도 주거 지역인 듯했다. 초저녁인데도 지나다니는 사람이 별로 보이지 않았고 불이 켜진 건물보다 꺼진 곳이 더 많았다.

닥터 솔로몬은 길을 건너 다시 골목 안으로 들어갔다. 멀리 골조만 남은 건물의 형체와 '제3 위성지구 환승역'이라는 간판이 보였다.

낮은 담장이 이어진 골목길을 얼마쯤 걸었을까. 갑자기 오른쪽 담장이 무너지며 뭔가가 튀어나왔다.

"아까 전에 그놈들……!"

방금 떨치고 온 클론들이었다. 한 놈은 팔이 너덜거리고, 또 한 놈은 피범벅이 된 채 앞을 가로막고 있었다. 놈들의 눈은 더욱 붉고 기괴하게 빛났다.

"이, 이게 뭐예요!"

놀란 나머지 나는 닥터 솔로몬을 향해 외쳤다.

"……말했잖아. 슈퍼 클론은 괴물이다."

"아무리 그래도 몸이 저 지경인데도 우릴 쫓아올 수 있다고요?"

"그래, 저놈들은 자기 의지로 움직일 수 없거든."

"그게 무슨 소리죠?"

"원격 조종을 받고 있어. 싸움을 멈추고 싶어도 멈출 수가 없지."

"그럼……?"

"싸우다가 다치더라도 몸속의 제어 장치가 계속 싸우라고 명령하기 때문에 공격을 멈추지 않아."

"왜 이런 괴물을 만들어 낸 거죠?"

"게임을 위해서지."

그 말을 듣고 기운이 쭉 빠졌다. 왜 괴물 클론이라 부르는지 알 것 같았다. 너무나 잔인한 짓이었다.

'죽을 때까지 싸워야 한다니!'

슈퍼 클론들이 나를 향해 달려왔다. 나는 제3 거류지에서 괴한을 만났을 때처럼 돌을 주워 들어 정확하게 겨누어 던졌다. 팔이 너덜거리는 놈의 가슴팍에, 그리고 머리에서 피를 흘리는 놈의 어깨에 돌이 날아갔다.

놈들은 쓰러졌고, 나는 안도의 한숨을 내쉬었다. 하지만 그게 끝이 아니었다. 또 다른 검은 그림자가 나타났다. 모두 셋이었다. 자세히 보지 않아도 슈퍼 클론임에 틀림없었다. 어두운 골목 끝에서도 붉은 눈이 빛나고 있었으니까.

"이리 와!"

뒤편에서 닥터 솔로몬이 소리쳤다. 넘어졌던 클론 둘
도 일어서, 모두 다섯의 클론이 우리를 노렸다. 나는 뒤돌
아 닥터 솔로몬을 쫓았다. 그는 골목길로만 달렸다. 왼쪽
과 오른쪽, 골목길이 갈리는 곳마다 규칙 없이 마구 달리
는 것만 같았다. 나는 닥터 솔로몬이 무슨 생각인지 의아
해 소리쳤다.

"박사님! 이 길이……."

"잔말 말고 따라와! 놈들에게 혼선을 주려는 거다."

닥터 솔로몬이 돌아보지 않고 말했다. 어쩔 도리가 없
어 계속 달렸다. 그런데 얼마쯤 지났을까. 제3 위성지구
환승역 간판이 조금 가까워졌을 때, 갑작스럽게 골목이
끝나면서 차가 지나다니는 큰 거리가 나왔다. 동맹시만큼
은 아니었지만, 가로등과 낮은 건물들에서 내비치는 불빛
으로 길이 훤했다. 그 때문에 나는 조금 안심했다.

'사람들이 보는 데니까 이제 별일 없겠지.'

하지만 착각이었다. 약간 비탈진 길을 오르다가 닥터
솔로몬이 뒤처지는 듯해 돌아본 순간, 어느새 슈퍼 클론
하나가 그의 뒷덜미를 붙잡고 있었다.

"박사님!"

닥터 솔로몬을 향해 뛰는 내 앞을 슈퍼 클론들이 막아섰다. 하나는 내리막길을 달리며 붙은 몸의 속도감을 이용해 몸통박치기로 밀어내고, 바로 뒤의 슈퍼 클론은 점프해 두 다리로 가슴팍을 때려 쓰러뜨렸다.

"달아나! 네가 전부 감당하긴 힘들어, 어서!"

닥터 솔로몬이 외쳤지만 나는 물러설 생각이 없었다. 어떻게든 그를 구해야겠다는 생각뿐이었다. 그런데 그때 길바닥과 전봇대에서 불꽃이 튀었다. 플라스틱 탄환이 일으킨 불꽃이었다. 주변을 돌아보는 순간, 탄환이 어깨를 스치고 지나갔다.

극심한 통증에 비명이 터졌다. 슈퍼 클론들은 이 틈을 놓치지 않고 내게 접근하기 시작했다.

"어서 달아나! 카멜레온을 찾아. 타깃 클론에 심어 놨어. 41B-72023A-1을 기억해. 그 안에 있어, 너희들이 원하는 모든 게. 그걸 찾아!"

지금 상태로는 닥터 솔로몬을 구해 낼 수 없었다. 나는 돌아서 뛰었다. 슈퍼 클론이 쫓아오고, 플라스틱 탄환이 근처 바닥에 마구 튀었다. 또 한 발이 발목에 스쳤다.

넘어졌지만 한쪽 무릎을 겨우 세우고 몸을 바로 일으켰다. 하지만 더는 움직일 수가 없었다. 슈퍼 클론 하나가 내 목덜미를 잡았다.

그 순간, 플라스틱 탄환이 날아와 슈퍼 클론의 턱을 맞추었다. 한 발로 끝이 아니었다. 연이어 두 발이 어깨와 가슴에 박혔고, 슈퍼 클론은 쓰러졌다.

무슨 일인지 몰라 어안이 벙벙해져 있는데, 언덕 위에서 엄청난 속도로 차 한 대가 달려 내려오더니 내 앞에서 멈췄다.

"어서 타!"

운전석 창문 틈으로 소리친 사람은 바로 네오 호크였다.

나는 절뚝거리면서 간신히 조수석에 올라탔다. 슈퍼 클론들이 차를 향해 달려들었지만 차는 거칠게 출발했다. 슈퍼 클론들은 반동을 이기지 못하고 떨어져 나갔다. 차는 굉음을 내면서 도로를 질주했고, 플라스틱 탄환 몇 발이 뒷유리창에 박혔다.

그림 속 여자

차창 밖은 어둠이 짙었다. 얼마 전까지 불빛들이 간간이 보였지만, 지금은 야산의 검은 실루엣만 눈에 들어왔다. 이따금 구름 사이로 반달이 나타났다가 사라지곤 했다. 눈에 보이는 모든 풍경이 고요하고 평온했다.

반면 머릿속은 온갖 생각들로 들끓어 시끄러웠다. 닥터 솔로몬의 얼굴, 온몸이 너덜너덜해진 채로 쫓아오던 슈퍼 클론들의 모습. 누군가 그게 미래의 내 모습이라고 말하는 것만 같아 생각할수록 섬뜩했다. 그들의 붉은 눈이 떠오를 때면 오한이 일었다.

나는 운전대를 잡고 있는 네오 호크에게 물었다.

"나를 어떻게 찾았어요?"

불필요한 질문이라는 것을 모르지 않았다. 어차피 내 신상은 노출이 잘 된다고 했으니 누구든 손쉽게 나를 추적할 수 있을 테니까. 하지만 무슨 말을 먼저 꺼내야 할지 알 수가 없었다.

내 마음을 눈치챘는지 네오 호크가 대답 대신 되물었다.

"괜찮은 거야?"

괜찮지 않았다. 발목의 통증은 잦아들고 있었지만, 어깨의 통증은 점점 심해졌고 식은땀이 자꾸 났다. 몸이 떨리고 눈앞이 조금씩 흐려졌다.

"슈퍼 클론에 대해서 알고 있었어요? 왜 저런 걸 만든 거죠?"

나는 질문하면서 눈을 질끈 감았다. 직접 겪었으면서도 도무지 현실이 믿기지 않았다.

"녹두가 말하지 않았어? 게이머들을 만족시킬 만한 강력한 몸이 필요하다고. 기존의 게임보다 훨씬 어려운 새로운 게임 출시를 위해 그들에게는 괴물 클론이 필요하겠지."

"정말 고작 그런 이유 때문에……. 지금은 어디로 가고 있는 거예요?"

"마더에게."

네오 호크는 짧게 대답하고는 입을 다물었다. 뭔가 더 묻고 싶었지만, 자꾸만 졸음이 쏟아졌다. 짙은 안개가 시야를 가리는 것처럼 눈앞이 뿌옇게 흐려졌다.

네오 호크가 한 손으로 주머니를 뒤적거리더니 무언가를 내밀었다. 차 안이 어두워 잘 보이지 않았지만 그게 뭔지 짐작할 수 있었다. 제3 거류지 골목길에서 흔히 보았던 안다미로 봉투였다.

"그걸 사용하면 당분간은 괜찮을 거야."

봉투를 뜯자 작은 볼펜처럼 생긴 플라스틱 막대가 보였다.

"넌 처음이지? 뾰족한 쪽을 허벅지나 팔에 찌르면 돼."

그가 시키는 대로 허벅지를 찔렀다. 곧 잠이 쏟아졌다.

눈을 떠 보니 나는 여전히 차 안이었다. 시트는 뒤로 눕혀져 있고 차창은 모두 열려 있었다. 차 안으로 햇볕이 따갑게 내리비추고 있었다. 정신을 차리자마자 벌떡 일어나 밖으로 나왔다.

"여기는 어디지……."

커다란 호수가 눈에 들어왔다. 그쪽을 향해 두어 걸음 나아갔다. 호숫가에 검은색 옷을 입은 남자가 선 채로 낚싯대를 드리우고 있었다. 네오 호크로 보여서 긴장감이 풀렸다.

'그런데 호수라니. 비관리 구역인가?'

세인의 엄마를 봤던 호수가 떠올랐다. 하지만 호숫가 오른편의 절벽도 그곳과 달랐고, 깊은 숲을 벽 삼아 오밀조밀 모인 예닐곱 채의 통나무집도 눈에 익지 않았다.

나는 길을 잃은 느낌이 들어 제자리를 서성거렸다. 그런데 통나무집에서 익숙한 얼굴이 나오더니 내게 다가왔다. 리아였다.

리아는 눈이 부신지 한 손으로 손 그늘을 만든 채 천천히 다가와 조심스럽게 말했다.

"네오 호크 아저씨가 너 깰 때까지 그대로 두라고 하셨어."

"······응, 근데 여기는 또 어디야?"

"비관리 구역이야. 제2 오두막이 있는 곳. 앞은 호수고 뒤로는 높은 산과 계곡이 있어서 요새 같은 곳이지. 그런데 너 괜찮아? 안다미로를 처음 사용했다면서? 부상당한 곳은?"

"괜찮아. 그보다 닥터 솔로몬을 데려오지 못했어."

"들었어. 어느 정도 예상한 일이니까 자책하지 마. 닥터 솔로몬이 그곳에 있다는 걸 확인한 것만으로도 큰 수확이야."

네 능력은 거기까지야, 같은 말로 들려 왠지 섭섭했다. 녹두도 지키지 못했는데 닥터 솔로몬도 혼자 두고 도망쳤다고 생각하니 몹시 속이 쓰렸다.

"이제 뭘 해야 하지?"

"그건 나도 몰라. 그분이 가르쳐 주실 거야."

"······?"

"마더. 아, 저쪽에······. 널 만나고 싶어하셔."

리아가 희미하게 웃으며 호수 오른편을 가리켰다. 절벽 쪽에서 모터 보트가 다가오고 있었다. 우리는 호숫가로 향했다.

곧 보트가 호숫가에 도착했다. 네오 호크가 낚싯대를 내려놓고 보트로 다가갔다. 보트에서 네 사람이 내렸다. 먼저 내린 청년 두 명의 뒤를 은별이 따랐다. 은별은 나를 알아본 듯 놀라더니 안길 기세로 호들갑을 떨며 달려왔다. 나는 그게 어색해 조금 뒤로 물러났다.

"별일 없던 거죠? 다친 데는요?"

"괘, 괜찮아. 아무 일 없어. 그런데 너는 여기에 어떻게……."

나는 은별의 말을 멋쩍게 받아넘겼다. 하지만 말을 끝맺지는 못했다. 마지막으로 보트에서 내린, 흰색 스카프를 두른 여자 때문이었다. 멀리서도 낯이 익었는데, 조금 더 다가오자 나는 그녀가 누군지 알 수 있었다.

세인의 친엄마였다!

"왜 여기에?"

놀란 나머지 나는 반쯤 넋이 나간 채 중얼거렸다. 그녀가 내 앞으로 다가왔다. 그러더니 물기 어린 눈으로 나를 쳐다보았다.

"네가…… 맞지?"

세인의 엄마는 잠시 주저하는 듯하다가 흉이 진 내 얼굴을 찬찬히 쓰다듬었다. 그녀의 손길은 따뜻하고 부드러웠다. 내 얼굴이 전혀 다르게 변했는데도 알아보는 게 고마웠다. 나도 모르게 가슴이 자꾸만 울컥거렸다.

그녀는 떨리는 목소리로 말을 이었다.

"모두 내 탓이란다. 이런 말이 비겁하다는 걸 알지만 그 땐 어쩔 수가 없었어. 너를 보내는 게 아니었는데, 미안하구나."

세인과 그녀를 두고 아빠와 함께 떠나던 날이 떠올랐다. 하지만 내가 원한 일이었고, 그때는 그게 내가 해야 할 일이라 생각했다. 다만 두 사람이 무사할 수만 있다면 좋겠다고……. 그래서 괜찮다고 말하려 했지만 입이 떨어지지 않았다.

"살아서 볼 수 있으니 다행이구나. 정말 고맙다, 세븐틴."

나를 부르는 호칭에 나도 모르게 어깨를 떨었다. 뒤미처 눈을 바로 뜨고 세인의 엄마를 쳐다보았다.

'아, 나는 세븐틴이었구나.'

그렇게 생각하자마자 이질감이 느껴졌다. 내가 세인이 아니라는 사실을 거듭 알게 하는 것만 같았다. 하지만 곧 마음을 다잡았다. 나는 휴먼 AI 3-17일뿐이라고.

'세븐틴.'

나는 세인의 엄마에 의해 새로 명명된 나의 이름을 가만히 되뇌어 보았다.

그녀가 왜 여기에 있는지에 대한 의문이 다시 고개를 들었다. 마음을 닫고 실어증에 걸린 사람이 아니었나? 나는 설마 하는 마음으로 리아를 돌아봤다.

"응. 세인의 어머니…… 그녀가 마더야."

나는 현기증을 느꼈다. 세인의 엄마, 아니 마더가 내 어깨를 붙들었다.

"당황스러운 거 안다. 그럴 만한 이유가 있었어…….
들어가서 이야기하자. 네게 소개해 줄 사람도 있고."

마더는 통나무집을 향해 앞서 갔다. 네오 호크와 청년

둘이 그녀를 호위하듯 바투 따라갔다. 나는 그녀를 따라가기 전에 리아의 팔을 붙잡았다.

"나한테 할 말 없어? 설명해야 할 게 있지 않아?"

나도 모르게 목소리의 톤이 높아졌다. 리아는 놀란 듯했고, 나는 더 짜증이 치밀어 다그쳤다.

"왜 나는 항상 모든 사실을 늦게 알게 되는 거지?"

"그건…….."

"대답하기 전에 명심할 게 있어. 너도 이제 알았다거나, 보안 때문이라거나, 그런 변명은 듣고 싶지 않아."

"나도 그러고 싶지 않지만 그게 사실이야. 반시연대는 누가 소속된 사람인지 모르는 상태에서 활동했어. 그래야만 동맹시의 감시를 피할 수 있고, 누군가 붙잡혀 가서 배신하더라도 피해를 줄일 수 있으니까. 녹두 언니도 죽기 직전까지 마더가 누군지 몰랐을 거야."

"설마……!"

"하지만 지금은 사정이 급박해졌어. 제3 거류지가 점령당했고, 반시연대는 와해되기 직전이야. 무엇보다 제3 거류지 주민들 모두가 위험해. 동맹시는 안다미로를 미끼로 클론들에게 알고 있는 어게인스터를 모두 밀고하라고 협박 중이야. 그래서 우리도 더욱 닥터 솔로몬이 필요했던 거야. 안다미로가 더는 미끼가 될 수 없도록 하기 위해서 말이야."

"……."

"네가 닥터 솔로몬과 함께 오지 못한 것을 탓하는 건 아니야. 하지만 결국, 며칠 사이에 수많은 어게인스터가 붙잡혀 갔어. 그렇다고 제3 거류지 주민들을 원망할 수는 없잖아. 클론들도 어쩔 수 없었던 거지."

리아는 내 이해를 구하며 호소하듯 말했다. 거짓말을 하는 것 같지 않았다. 하지만 늘 진상을 모른 채 이용당하는 느낌이 들어 찜찜했다. 내 침묵을 어떻게 이해했는지 리아가 말을 이었다.

"물론 닥터 솔로몬이 돌아왔다면 좋았겠지. 수명 문제만 해결된다면 클론들이 배신할 일도 없을 테니까. 하지만 실패했고……. 그래서 마더가, 아니 반시연대가 최후의 반격을 준비하고 있어. 아무튼 이제 우리도 들어가자. 마더가 기다리실 거야."

리아의 설명에도 뭔가 불편한 기분은 이어졌다. 뭔가 어긋난 느낌이 쉽게 가시지 않았다. 그런 기분을 안은 채 나는 오두막으로 향했다. 한 걸음 한 걸음이 어느 때보다 무거웠다.

"안쪽 끝 방에서 마더가 기다리셔."

오두막으로 들어서자 네오 호크가 기다렸다는 듯이 내 어깨를 치며 말했다. 겉보기와 달리 오두막 내부는 넓고 깊었다. 어둑한 복도 끝에 이르자 왼편에 반쯤 열린 문이 보였다.

문 앞에 섰을 때, 열린 문 틈새로 커다란 그림이 보였다. 나는 문을 활짝 열려다가 말고 잠시 망설였다. 내가 7-큐브에서 본 것과 너무나 닮은 그림이었다. 왼쪽 위를 바라보는 여자의 그림. 장미 한 송이를 쥔 여자의 손가락 사이에 피가 맺혀 있었다.

나는 어색한 기분으로 방 안으로 들어갔다. 원탁 테이블에 마더와 은별이 마주 앉아 있었다. 무슨 이야기를 나눴는지 몰라도, 은별은 흰 이를 드러내며 미소 짓고 있었다.

"제가 또 뭘 해야 할까요?"

나는 방에 들어서자마자 다짜고짜 마더에게 물었다. 복잡한 기분 탓에 화풀이하는 것만 같았지만 제어가 되지 않았다. 그녀와 내가 개인적인 이야기를 나눌 사이는 아니라고 생각하니까. 내 말에 마더는 웃음기를 거두고 내게 테이블 앞의 의자를 권했다.

"우리는 지금 두 가지 자료를 찾아야 해. 하나는 어디에 있는지 분명히 알고 있어서 가져오기만 하면 되지만, 다른 하나는 어디에 있는지조차 알 수 없어."

마더가 말했다. 아까처럼 연민 어린 눈빛으로 바라보지 않아서 다행이었다. 이번에도 그랬다면 기분이 더 나빠질 것 같았다.

"첫 번째는 동맹시 11인 위원회의 부위원장, 그 일가의

범죄와 비리가 담긴 X파일이야. 그것을 이용해서 제2 동맹시 건설을 중단시키고 제3 거류지를 되찾을 거야."

머리가 복잡해졌다. 11인 위원회 부위원장은 바로 엄마, 아니 세인의 새엄마다. 그녀가 막강한 권력자라는 건 알고 있지만, 결국 마더는 자신의 전남편에게 칼을 겨누는 꼴이 되는 것이다.

'이게 뭐지.'

나는 당황스러운 마음에 침만 꿀꺽 삼켰다.

마더도 말을 멈추더니 한참 동안 입을 열지 않았다. 왜인지 알 수 없었지만 한동안 고개를 돌려 내 시선을 피한 뒤에야 입을 열었다.

"오래전에 제2 위성지구에 정말 남다른 소년이 살았지. 그림 그리는 걸 좋아했고, 머리가 비상해서 못하는 게 없었어. 마음까지 따뜻한 사람이었지. 자신보다 어려운 처지에 놓인 사람에게 항상 마음을 썼어. 소년은 그런 사람들을 위해서 살겠노라고 입버릇처럼 말했지. 그런 소년에게 기회가 왔어. 3년에 한 번 비동맹시 출신을 대상으로 치러지는 인재 선발 시험에서 소년은 10개 위성지구를 통틀어 1등을 차지했어. 고작 열여덟에 말이야. 그리고 청년이 된 뒤에 또 한 번 1등을 해 많은 사람들이 놀랐지. 그걸 본 위성지구 사람들은, 소년이 위성지구의 희망이 될 거라고 믿었어. 청년이 된 소년은 정말로 보란 듯이 동맹시의 번듯한 시민이 되었지……."

처음에는 무슨 말을 하나 싶었지만 나는 곧 그 소년이 세인의 아빠, 류지호라는 사실을 알아차렸다. 눈살이 찌푸려졌지만, 귀를 기울이지 않을 수 없었다.

"동맹시민이 되긴 했지만 청년은 직급 낮은 공무원에 불과했어. 그것도 2년마다 테스트를 받아야만 했지. 아무리 열심히 해도 동맹시 출신의 무능력자들 보다 나은 자리에 오를 가망이 없었지. 그러던 청년에게 다시 한번 기회가 왔어. 그래, 그에게는 기회였을 거야."

마더의 목소리가 갑자기 흔들렸다. 그녀의 손끝이 파르르 떨리고 있었다. 그녀가 동요하고 있다는 것을 알 수 있었다.

"청년은 동맹시 11인 위원회의 부위원장의 비서 중 하나로 일할 기회가 생겼어. 부위원장은 청년을 아주 신뢰했지. 그랬을 거야, 청년은 모든 일을 완벽하게 처리했으니까. 그러다 청년이 처리해야 할 아주 중요한 일이 생겼지. 부위원장의 딸에 관한 일이었단다. 그녀는 그때, 아버지 없는 아이를 뱃속에 품고 있었고……. 미안하구나. 너희들에게 이런 이야기를 하게 되어서."

마더가 말을 끊고서 이쪽을 쳐다보았다. 볼 낯이 없다는 듯한 표정이 그대로 드러났다. 미소를 짓고 있었지만, 부끄러움을 감추기 위한 것 같았다.

"괜찮아요. 다 말해 주세요."

목이 메는지 그녀는 두어 번 헛기침을 하고 말을 이어 나갔다.

"청년은 비밀리에 언론의 입을 막고, 그녀의 일을 수습했어."

"어떻게요?"

이야기가 흥미로웠는지 은별이 불쑥 끼어들었다. 호기심 어린 눈빛이 초롱초롱했다.

"그때 부위원장은 청년에게 딸의 배 속 아이의 아빠가 되어 달라고 부탁했어."

"왜요?"

"글쎄, 왜 그랬을까? 우선은 하루빨리 딸에 관한 부적절한 소문을 잠재울 필요가 있었겠지. 자신의 명예도 지켜야 했을 테니까. 청년은 그것을 동맹시에서 성공하는 기회로 여겼어."

"결국 청년은 아이의 아빠가 되기로 했나요?"

"그래. 그 대가로 청년은 부위원장의 후원을 받아 빠르게 요직을 얻었지. 진짜 동맹시민이 된 거야."

"그럼……?"

"완벽한 동맹시민이 되기 위해서 청년은 그를 기다리던 위성지구 사람들과 약혼녀를 배신했어. 약혼녀가 배 속에 품고 있던 아이도……. 청년은 훗날 그 아이마저도 빼앗아갔지. 약혼녀를 비관리 구역으로 내몰았고."

마더는 말을 끝맺지 못하고 고개를 돌렸다.

그 약혼녀가 마더고, 배 속 아이가 세인이라는 것을 추측할 수 있었다. 동맹시의 새엄마가 낳은 아이가 세나라는 것도.

'세인과 세나가 핏줄 하나 섞이지 않은 남이었다니.'

이제는 내 일이 아닌데도 몹시 씁쓸했다.

창으로 들이비추던 아침 햇살은 어느새 뒤로 한참 물러나 창틀에 간신히 걸려 있었다. 복도 저편 어디선가 사람들의 말소리가 작게 들렸고, 빵을 굽는 냄새가 났다. 평화로운 공기가 떠도는 것이 낯설었다.

마더가 천천히 다시 말을 이었다.

"그는 더 이상 정의로운 소년이 아니었어. 동맹시에서 가장 탐욕스러운 사람이 되어 버렸지. 나는 잘못된 것을 바로잡아야 한다고 생각했단다. 그래서 아픈 척하면서 철저히 나를 숨기고 그가 한 일들을 짚어 봤어. 그는 부위원장을 위해 사람들을 시켜 살인을 저질렀고, 거짓 소문을 내서 경쟁자를 파멸시켰고, 온갖 편법을 동원해 기업을 흔들어 헐값에 인수했지. 그 모든 것을 증거와 함께 차곡차곡 기록했어. 그와 부위원장, 동맹시 11인 위원회 사람들이 저지른 나쁜 짓들을 모두!"

"그게 X파일인가요? 그건 어디에 있어요?"

은별이 물었지만 마더는 나를 향해 말했다.

"7-큐브에 가 본 적 있지?"

"그럼요."

떠오르는 뒷말은 삼켰다.

'그럼요. 나도 모르게 툭하면 그곳으로 달려갔는데요. 나는 당신의 아들로 살아야 했고, 그 덕분에 당신 아들의 기억이 있어요.'

마더는 잠시 나와 눈을 맞추고는 이내 벽에 걸려 있는 그림 앞으로 갔다.

"7-큐브에 이 그림과 거의 똑같은 그림이 있어. 여기에 그걸 숨겨 놓았단다."

그러면서 마더는 그림 속 장미를 가리켰다.

"무슨 말이에요?"

"내가 X파일을 만들고 있다는 사실을 그가 알아차린 듯했어. 하루는 나를 집 밖으로 유인하더니, 보안국 사람들을 데려다가 온 집 안을 샅샅이 뒤졌어. 그것도 모자라 나를 위하는 척 집 안의 모든 물건을 새것으로 바꾸었지. 물론 핑계였어. 그는 단서를 찾아내려고 그 물건들을 가져간 거야. 다행히 나는 그 직전에 모든 자료를 옛날 방식으로 데이터화했어. 마이크로 SD 카드에 담아 그림 속에 숨겼지. SD 카드는 손톱만 한 칩이라고 생각하면 돼. 지금은 쓰지 않는 물건이지만."

"그런데 마더의 그림이 왜 7-큐브에 있는 거죠?"

은별이 눈을 깜빡이며 물었다.

"그는 내가 무슨 짓을 할지 항상 불안해했어. 그래서 나를 달래려고 작품을 전시해 주곤 했던 거야."

나는 고개를 끄덕이고는 마침내 나서서 물었다.

"그러니까 7-큐브로 가서 그림 속에 숨겨져 있는 마이크로 SD 카드를 가져오면 된다는 거죠? 그럼 다른 자료는요? 어디 있는지조차 모른다는 그것 말이에요."

"그건 '카멜레온'이라고 불리는, 클론 생체에 관한 종합 매뉴얼이야. 모든 의료용 클론의 유전자 지도를 포함해서 비정상적인 세포 증식 억제 프로그램, 치료 방법은 물론 차세대 휴먼 AI의 세포 조합 프로세스까지……. 사실상 너희들의 생존이 걸려 있어."

카멜레온! 닥터 솔로몬과 고스트의 대화에서 몇 번이고 나온 단어였다. 나는 그들의 대화를 떠올리며 마더의 다음 말을 기다렸다.

"클론에게 가장 문제가 되는 것은 보통 사람에 비해 성장 속도가 여섯 배나 빠르다는 거야. 그만큼 신체 기관들이 빠르게 노화되고 수명이 단축되지. 카멜레온은 이것을 원래대로 되돌리는 복구 프로그램 같은 거야. 닥터 솔로몬만이 카멜레온의 행방을 알고 있지."

"……하지만 닥터 솔로몬도 그게 어디 있는지 알지 못한다고 했어요."

"닥터 솔로몬은 수백 번의 실험을 통해서 프로그램을 개발했지만, 감시자들이 많아서 그걸 곧바로 어딘가에 숨겼다고 했어. 그 때문에……."

닥터 솔로몬이 마지막으로 외쳤던 말이 생각났다. 나도 모르게 학습되었는지 선명하게 기억나는 번호를 낮게 읊조렸다.

"41B-72023A-1."

뜬금없는 내 말에 마더가 고개를 기울였고, 은별은 눈을 동그랗게 뜨고 쳐다보았다.

"닥터 솔로몬이 그 안에 있다고 했어요."

"그게 무슨 번호지?"

"휴먼 AI 3세대의 제조 일련번호예요."

누군가 마더의 질문에 대답했다. 경계하듯 돌아본 나는 숨이 멎는 것 같았다. 방 안으로 녹두가 들어오고 있었다. 나는 반사적으로 벌떡 일어났다.

"누나! 살아 있었어요?"

은별은 흥분한 나머지 방방 뛰며 그녀에게 달려갔다. 하지만 그녀는 은별을 밀어내며 사무적인 투로 말했다.

"난 네가 생각하는 그 사람이 아니야."

"누, 누나……."

은별은 거의 울상이 되다시피 물러났다. 나는 어렴풋이 짐작할 수 있었다. 그녀가 녹두의 원체라는 사실을. 하지만 그럼에도 불구하고 같은 얼굴을 보고 있는 것 자체만으로도 가슴이 몹시 뛰었다. 시선을 뗄 수 없었고, 주먹을 꽉 쥔 손에 땀이 맺혀 미끈거렸다.

"엿들으려던 건 아니에요. 누가 다쳤다고 해서 왔어요."

그녀는 나를 힐끗 쳐다보며 마더에게 말했다.

"알아, 조안. 그런데 지금 그게 무슨 말이지?"

'조안.' 나는 그녀의 이름을 알았다. 녹두의 마지막 메세지에 등장한 이름이었다.

"말 그대로예요. 정확히 말하자면 그건 휴먼 AI 3세대의 메인 CPU의 제조 번호죠."

조안은 나에게 다가와 어깨 쪽의 찢어진 옷을 가위로 오려 내더니, 들고 온 가방에서 약품과 핀셋을 꺼냈다. 그러고는 능숙한 솜씨로 상처를 처치하기 시작했다.

"CPU의 일련 번호라면, 휴먼 AI 3세대마다 넘버링되어 있는 '휴먼 AI 3-33'과 같은 숫자는 뭐지?"

"그건 제품 판매 번호예요. 판매 번호를 통해서 제조 번호를 알아낼 수는 없어요."

"그럼 형이나 내 몸속에 그 파일이 숨겨져 있을 수도 있다는 뜻이네요?"

여전히 어리둥절한 표정으로 은별이 마더와 조안의 대화에 끼어들며 물었다. 조안은 내 발목을 붕대로 감싸면서 고개를 끄덕였다.

"제조 번호와 판매 번호를 다르게 매칭한 건 생산된 클론이 어디에 어떻게 사용되는지 모르게 하려고 그런 것 같아요. 물론 두 번호 사이에 어떤 규칙이 없는 건 아닐테니 그걸 찾아야죠."

"지금으로서는 세븐틴이 말한 번호가 누구 것인지 모른다는 이야기네."

"네, 맞아요. 지금 그게 누구인지를 알려면 휴먼 AI 3세대의 머리를 죄다 열어 보는 수밖에 없어요."

조안은 무심한 듯 말했다. 나는 순간적으로 긴장했지만, 그녀의 표정은 담담했다. 마더의 깊은 한숨에도 아랑곳하지 않고 조안은 내게 태연히 말했다.

"큰 상처들은 아니야. 이전에 왔을 때보다 오히려 몸 상태가 전반적으로 좋아졌네. 운동했니? 근육량도 늘었고, 회복 속도도 아주 빨라. 괜찮을 거야."

나는 고개를 갸웃거렸다.

'이전보다 좋아졌다고? 우리는 만난 적이 없는데?'

조안은 내 표정을 보더니 피식 웃었다.

"기억하지 못하는구나. 호숫가 마더의 집에서 너를 처음 봤지. 그때 너는 정신을 잃은 채 실려 왔었어."

"아!"

그때 나를 치료해 주었다는 사람. 그 의사가 바로 조안이었다.

7- 큐브의 미로

"녹두에 대해서 들었어. 너희들에게 좋은 친구였다고."

햇살이 나른한 공기를 품고 차창 안으로 들이비쳤다. 뒷좌석에서 들려온 목소리가 아니었다면 잠에 빠졌을지도 몰랐다. 하지만 녹두의 이름이 귓속을 파고드는 순간, 나는 반쯤 감았던 눈을 떴다.

어느새 미니버스는 남부 경관도로 위에 있었고, 언제나처럼 멀리 롯 타워가 보였다. 나는 한 손을 들어 왼쪽 가슴 위에 올렸다. 안주머니 깊이 넣어 둔 녹두의 인식표가 느껴졌다.

"내 부모님은 더 건강하게 살기 위해서 일곱 번의 시술을 받았고, 그때마다 클론들은 장기를 내어 주고 죽었어. 그들에게 미안해서 살아남은 클론들을 돕고 싶었지. 나는 집을 나와 제3 거류지와 위성지구를 떠돌아다녔어. 그러다가 한 번은 아버지가 보낸 사람들에게 붙잡혀 돌아갔는데, 그때 내 클론이 만들어졌다는 사실을 알았어. 아버지는 내가 없는 동안 녹두를 만들어 나로 살게 했던 거야."

왜 내게 이런 말을 하는지 혼란스러웠지만 세인이 생각나 가만히 귀를 기울였다.

"그 애는 똑똑했어. 학교를 다니며 의학도 익히고…….
하지만 녹두와 내가 함께 살 수 없다는 걸 난 알고 있었어. 더 정확히 말하면, 내가 집에 있는 한 녹두는 살아남을 수 없었어. 결국 난 다시 동맹시를 떠나 예전처럼 위성지구와 비관리 구역을 떠돌았어. 그러다가 마더를 만났고. 그녀에 대해서 알게 되면서 나는 그녀와 함께해야겠다고 마음먹었어. 그래서 비관리 구역에 남았고, 카멜레온에 대해서도 그 즈음에 알게 되었지."

"녹두 누나는요?"

"녹두가 제3 거류지에서 반시연대와 함께하고 있었다는 걸 얼마 전에야 네오 호크를 통해 알게 됐어. 그리고 닥

172

터 솔로몬의 연구 자료가 대부분 녹두에 의해 내게 전달되었다는 것을 알고⋯⋯ 정말 고마웠어."

"그런데 왜 만나지 않았어요?"

은별이 갑자기 끼어들었다. 나는 깜짝 놀랐지만 조안은 그저 깊은 한숨을 한 번 내쉬었다.

"미안했거든. 나 때문에⋯⋯."

"그래도 녹두 누나는 누나 아니었으면 태어나지도 못했을 거라고, 어떻게 살아야 할지도 몰랐을 거라고 했어요. 미안해하지 말아요. 오히려 누나가 고마워할걸요?"

스스럼없이 말하는 은별에게 나는 조금 놀랐다. 녹두를 잃은 슬픔에서 아직 벗어나지 못했을 텐데도 은별은 조안에게 다정하게 말했다. 무척이나 어른스러운 태도였다. 나는 누군가에게 그렇게 해 본 적이 없었다.

조안은 은별의 말에 대답하지 않았다. 하지만 잠시 후에 나는 숨죽인 흐느낌 소리를 들었다. 용기를 내 괜찮냐고 묻고 싶었다. 하지만 그렇게 할 틈 없이 네오 호크가 말했다.

"닥터 조안, 이것 좀 보세요."

조안은 자리에서 일어나 눈을 훔치며 네오 호크에게

다가갔다.

"우리가 파악한 바로는 지금까지 휴먼 AI 3세대는 129개체가 생산됐고, 이중 37개체가 소멸됐어요. 92개체가 생존하고 있는데, 소재가 파악되는 개체는 55개체에 불과해요. 그중에서 특정 제조 번호의 CPU를 찾아내기는 쉽지 않아요."

"제조 번호와 판매 번호 사이의 연관성을 아직도 찾지 못했나요?"

"지금 제조사와 판매사 데이터를 되는대로 해킹하고 있는데 그에 관한 정보가 잡히질 않아요. 도대체 왜 이런 짓을 해 놓은 걸까요?"

"각 개체에 대한 정보를 제조사가 독점하기 위해서일 가능성이 커요. 휴먼 AI는 단순한 전자제품이 아니니까요. 그리고 제가 알기로는 어느 시점부터 CPU마다 부여된 세부적 특성이 달라졌다고 들었어요. 4세대 개발을 위해서 다양한 실험적 요소를 3세대에 부여했고, 그걸 비밀로 하려는 걸 수도 있고요."

"아니, 닥터 솔로몬은 어쩌자고 카멜레온을 사람의 머릿속에 넣어 놓은 거죠?"

"보안 때문이겠죠. 그리고 제가 생각하기에는 아직 공식이 완성되지 않은 것 같아요. 그래서 각각 다른 조건에서 계속 실험을 했고, 팔려 간 휴먼 AI 3세대들의 활동을 계속 모니터링한 거죠. 그 결과 41B-72023A-1 CPU가 가장 만족스러운 결과를 만들어 내서 그걸 지목하는 것일 수 있……."

점점 더 복잡해지는 이야기에 나는 차창 밖을 내다보았다. 대화는 계속 이어졌다.

"그럼 일련번호를 역추적하는 방법 외에는 타깃 클론을 찾는 방법은 없는 걸까요?"

"음, 지금까지 드러난 특징으로는 휴먼 AI 3세대 클론들은 공공 인터넷뿐만 아니라 쉐도우 터널까지 쉽게 침투해 정보를 이용하더군요. 아, 동종 CPU끼리 만나면 충돌 현상이 심하다고도 하네요."

녹두로부터 들은 적 있는 말들이었다. 나는 조안을 쳐다보았다. 네오 호크와 이야기를 나누는 그녀의 눈빛이 반짝거렸다. 나는 두 사람의 대화가 끝나기를 기다렸다. 그런데 전에 은별이 나에게 몸을 수그리며 물었다.

"형, 잘할 수 있겠죠?"

"응, 잘할 수 있어. 그림 속에 있는 마이크로 SD 카드만 가지고 나오면 되는 거잖아. 넌 그보다 더 어려운 일도 잘 만 해냈잖아. 걱정 마."

나는 은별의 어깨를 토닥이며 격려했지만 계획이 차질 없이 진행될 수 있을지는 미지수였다. 운이 따라 주기를 속으로 간절히 기도했다.

그리고 얼마 후, 차는 동맹광장 앞에 멈췄다.

"원격 이어폰 확인할게. 마이크 겸용이니까 언제든 하고 싶은 말을 하면 돼."

차에서 내리기 전에 네오 호크가 말했다. 그러더니 손에 들고 있던 손바닥 만한 기계를 조작했다. 그러자 차를 타고 오면서 귀 속에 넣은 초소형 이어셋에서 음악이 흘러나왔다. 나는 고개를 끄덕였다. 그리고 차 문을 열고 한 걸음 밖으로 내디뎠다.

"꼭 무사히 돌아와. 알았지?"

돌아보니 조안이었다. 걱정스럽게 바라보는 그녀의 얼굴은 녹두와 닮아 있었다.

나는 은별과 함께 광장으로 나섰다. 일그러진 한쪽 얼굴을 내보이고 싶지 않아 모자를 눌러쓰고 고개를 들지 않았다. 그렇게 했는데도 눈이 마주친 어린아이들은 놀라서 굳었다.

"저기 맞죠?"

광장 북쪽 언저리에 이르렀을 때 은별이 말했다. 은별의 손가락이 가리키고 있는 곳은 7-큐브 정문으로 향하는 길이었다. 나는 고개를 끄덕였다.

"오늘 아침에 마더가 했던 말 기억하지?"

"그럼요. 내가 어린애도 아니고. 일단 7-큐브 제3 전시실로 가서 기다리면 밖에서 시위가 시작되고, 그럼 7-큐브는 통제되고 관람객을 내보내기 시작한다. 내가 작업할 동안 형은 사람들 사이에서 기다린다. 맞죠?"

"응. 네 가까이에 있을 테니까. 아무 걱정하지 마."

내 말에 은별은 눈을 찡긋하더니 7-큐브 정문 쪽으로 뛰어갔다. 발걸음이 경쾌해 보였지만, 나는 마음이 놓이지 않았다. 마더가 한 말이 생각났다.

"정확히 오후 4시에 동맹시청으로 향하는 중앙로에서 산발적으로 시위가 시작될 거야. 그러면 주변의 모든 공공장소는 즉시 차단돼. 7-큐브는 관람객들을 북쪽 비상문으로 대피시킬 거고. 그 틈을 타서 세븐틴은 나오는 사람들을 거슬러 안으로 진입하고. 은별이는 미리 들어가 숨어 있다가 소동이 일어나면 제3 전시실의 그림에서 마이크로 SD 카드를 확보한 다음, 둘이 만나서 나오면 돼."

은별을 안으로 들여보내는 것이 마음에 걸렸지만 별수 없었다. 나를 비롯해 리아와 다른 사람들은 7-큐브의 보안 검색대를 통과할 수 없었다. 어게인스터의 상당수는 이미 보안국의 추적을 받는 중이었고, 나는 더 심할 것이니까.

은별을 들여보내고 광장을 걸었다. 그날은 보이지 않았는데 지금은 보였다. 그들은 광장 둘레길을 따라 걷는 연인들 틈에도 있고, 중앙 분수대 앞 벤치에도 있었다. 이제 십여 분이 지나면 그들은 일제히 동맹 타워를 향해 달려갈 것이다. 그리고 소리칠 것이다. 제3 거류지 주민들의 생존권을 보장하라고, 클론의 생명도 소중하다고. 그러면 보안국 무장요원들이 달려와 전자 볼을 터뜨리고 전기충격봉으로 그들을 무차별 폭행하겠지.

이곳에서 목격했던 시위 장면이 떠올랐다. 색색의 마취탄이 터져 어지러운 거리, 곳곳에서 들려오던 고통스러운 비명, 기계적으로 사람들을 때리고 끌고 가던 무장 요원들. 골목을 달리던 휴먼 AI 3-21, 아니 은별의 모습까지.

나는 고개를 저었다. 얼른 생각을 떨쳐 내고 시계를 보았다. 4시가 되려면 3분이 남았다. 은별이 향했던 7-큐브 정문 쪽 길을 지나 그다음 골목으로 들어갔다. 전시실 뒷문 방향이었다. 그런데 갑자기 귓가가 울리는 듯 싶더니 은별의 다급한 목소리가 흘러나왔다.

"우리가 찾는 그림이 없어요."

"그림이 없다니?"

"전시 내용이 바뀐다고, 하필 어제 제4 보관실로 이동했대요. 전시실이 아니라 보관실이라 어딘지도 모르겠고, 관람객은 들어갈 수도 없는 것 같아요. 어쩌죠?"

은별이 다급한 목소리로 물었다. 그때, 동맹광장 쪽에서 뭔가 터지는 소리가 들렸다.

퍼펑! 펑!

노란 연기가 하늘 위로 치솟았다. 골목 저편으로 사람들이 뛰어가며 외쳤다.

"동맹시청으로 가자!"

시위가 시작된 것이었다. 나는 은별에게 소리쳤다.

"어서 밖으로 나와!"

"네?"

"빨리 나오라고!"

은별이 혼자 제4 보관실을 찾아가게 할 순 없었다. 하지만 그 순간, 이어셋에서 다른 사람의 음성이 흘러나왔다.

"세븐틴, 무슨 일이야? 네 움직임이 포착되지 않아."

네오 호크였다. 나는 떨리는 목소리로 지금 상황을 설명했다.

"전시실에 그림이 없고, 보관실로 이동했대요."

"들었어. 제4 보관실이 어딘지 알아볼 테니까 일단 들어가. 오늘 아니면 언제 기회가 올지 몰라. 그사이 제3 거류지의 모든 거주민이 위험해져."

네오 호크의 다급한 말에 나는 바짝 긴장했다. 하는 수 없이 나는 서둘러 걸었다.

곧 예전에 같은 상황에서 7-큐브를 빠져나갔던 골목이 나타났다. 후문 앞에 이르렀을 때 기다렸다는 듯 문이 열렸고, 관람객들이 우르르 빠져나오기 시작했다. 사람들은 당황하거나 겁에 질리거나 잔뜩 짜증이 난 표정이었다.

나는 그들과 섞여 어깨를 부딪치면서 자연스럽게 안으로 들어갔다. 모두 밖으로 나가는데, 안으로 들어가는 모습이 이상하게 보일까 봐 인파에 휩싸인 것처럼 보이도록 노력했다. 건물 출입구 쪽에도, 사람들 틈에도 직원들이 있었고, 곳곳에 CCTV가 있어 신경을 쓰지 않을 수 없었다. 한참을 그렇게 거슬러 올라가니 어느 순간 인적이 확 줄어 들고 나는 건물 안에 있었다.

그때 이어셋에서 목소리가 흘러나왔다.

"제4 보관실 찾았어. 북쪽 제1 별관 2층이야. 세븐틴, 너는 지금 그 건물 1층이야. 2층으로 올라가. 은별, 너는 지금 있는 위치에서 왼쪽 복도를 따라 50미터 정도 이동하면 북쪽 제1 별관으로 가는 통로가……."

다급함이 느껴지는 네오 호크의 목소리를 들으면서 나는 주변을 살폈다. 뒤늦게 열댓 명의 관람객이 뛰어오는 복도 끝에 계단이 보였다. 나는 무작정 그곳으로 달려갔다. 계단 앞까지 왔을 때, 위쪽에서 유니폼을 입은 직원 세 명이 내려오는 것이 얼핏 보였다. 나는 재빨리 아래층으로 내려가 몸을 숨겼다. 그리고 그들의 발소리가 멀어진 다음 계단을 다시 올랐다.

2층에 오르자 천장과 양쪽 벽은 흰빛이 돌았고, 대리석 바닥은 푸른빛이 돌았다. 먼지 하나 보이지 않을 만큼 깨끗했다. 나는 빠르게 걸으면서 방문을 하나씩 살폈다. 복도 중간쯤의 방에 '제4 보관실'이라는 문패가 선명하게 보였다. 하지만 보관실은 단단한 철문이었고, 손잡이를 잡아봐도 문은 꿈쩍도 하지 않았다.

"잠겼어요."

"조그만 기다려. 해킹 중이야."

나는 문 앞을 서성거렸다. 바깥의 함성이 희미하게 들려왔다. 마취탄이 터지는 소리와 비명. 나는 초조해져 공연히 열리지 않는 문의 손잡이를 만지작거렸다.

그런데 계단 반대편 복도에서 요란한 발소리가 들려왔다. 조금 전에 보았던 직원 셋이었다.

"그쪽에서 뭐 하세요?"

그들 가운데 한 사람이 말했다. 그들은 빠르게 우리 쪽을 향해 다가왔다.

"어떻게 해요?"

"잠깐이면 돼. 잠깐만 버텨 봐."

네오 호크가 다급히 말했다. 나는 직원들에게 다가가 고개를 조금 들고 말했다.

"길을 잃었어요."

"이쪽은 관람 단지가 아닌데, 어떻게 들어왔어요? 헉! 보안팀, 제1 별관 2층에 문제가 있습니다. 지원 요청드립니다."

내 얼굴을 확인한 남자가 놀라더니 서둘러 도움을 구했다. 셋은 동시에 긴장된 얼굴로 나를 에워쌌다.

"열렸어!"

그때 스마트 워치에서 네오 호크의 목소리가 들렸다. 어떻게 할지 고민하는 순간, 직원들의 어깨 너머로 은별이 보였다. 나는 가슴이 철렁 내려앉았다. 빨리 은별을 데리고 여기서 빠져나갈 방법을 생각해 내야 했다.

"아, 저기 제 동생이네요. 은별아!"

나는 기쁜 듯 은별을 향해 손을 흔들었다. 직원들과 눈이 마주친 은별이 어떻게 해야 좋을지 모르겠다는 얼굴을 했다. 나는 이리 오라고 손짓했다.

"한참 찾았어. 어디 있었어? 빨리 나가자. 여기 출구가 어디죠?"

나는 은별을 붙잡고 직원들에게 능청을 떨었다. 하지만 직원들은 의심의 눈초리를 거두지 않았다.

"보안 요원이 올 때까지 잠시 기다리세요."

직원은 그렇게 말하면서 내 팔을 잡았다. 하지만 나는 여유가 없었다. 나는 재빨리 직원을 밀치고 돌아서서 보관실 문을 연 뒤 은별의 팔을 붙잡고 뛰어들어 안쪽에서 문을 잠갔다. 그러고는 걸쇠까지 단단히 채웠다.

"문 열어! 어서 열지 못해?"

바깥에서 문을 거칠게 두드리며 고함쳤다.

"어떻게 하려고요?"

"일단 이곳에 그림을 보관하고 있다니까 찾아봐야지."

은별의 걱정스러운 물음에 나는 계획이 있는 척 답했지만 돌아선 순간 말을 잃었다. 눈 앞에 펼쳐진 광경 때문이었다.

"여기서 어떻게 찾아요!"

보관실은 상당히 넓었고, 수없이 늘어선 선반 위에는 그림들이 빼곡하게 들어차 있었다. 마치 거대한 책장에 수도 없이 책들이 꽂혀 있는 모양이었다. 그걸 보자마자 나는 기가 질리고 말았다.

"네오 호크! 도와주세요. 보관실인데 그림이 수천 개는 돼요."

은별이 스마트 워치를 통해 네오 호크에게 말했다.

"기다려. 방법이 있을 거야. 그림 번호 기억나?"

"RS-0720!"

내가 대답하자 은별의 눈이 커졌다. 나는 어깨를 으쓱해 보였다. 그냥 번뜩 생각이 났다. 그림의 주인을 알아보기 위해 데스크에 문의했었으니까.

쾅! 문에 뭔가 크게 부딪치는 소리가 났다. 방금 전 사람들이 두드리던 것과는 강도가 달랐다.

"서둘러요, 네오 호크!"

나는 외쳤다. 그러나 더 큰 소리가 나며 두꺼운 철문이 안쪽으로 찌그러졌다. 그 틈새로 얼핏 은빛 외투가 보였다. 평범한 보안 요원이 아닌, 무장 순찰대 요원이었다.

은별이 내 팔을 붙잡고 발을 동동 굴렀다.

'여기서 마이크로 SD 카드를 찾는다고 해도, 어떻게 빠져나가지?'

나는 창이 있는 쪽으로 가 보았지만, 열리는 창은 한 곳도 없었다. 창 위로 올라서서 발로 걷어차 봐도 끄떡도 하지 않았다.

"찾았어. 0E-02번 선반이야. A열 11번! 찾을 수 있겠어?"

네오 호크의 말에 나는 선반 옆에 붙은 번호를 살폈다. 입구에서 가장 가까운 쪽이 0Z였고 창문 쪽 선반이 0T-03이었다. 나는 빠르게 안쪽으로 내달렸다.

"여기 있어요!"

두어 걸음 앞서 달려간 은별이 소리쳤다. 가장 안쪽 선반이었다. 은별이 초록색 포장지에 감싸져 있는 그림을 가리켰다. 나는 얼른 은별을 그림이 있는 가장 위 칸에 올려 보냈다. 은별은 그림과 그림 사이 빈 곳에 털썩 주저앉더니 주머니칼을 꺼내 포장지를 찢었다. 그러고는 그림 속 장미를 가리키며 물었다.

"여기 맞죠?"

"어!"

은별은 장미 부분을 도려내더니 곧바로 뭔가를 내게 던졌다. 새끼손톱 크기만 한 SD 카드가 손에 잡혔다. 그걸 찢어진 포장 종이에 싸서 안주머니에 넣었다. 다시 한번 요란한 소리가 들렸다.

쾅!

"무단 침입자는 즉시 입구로 나와 생체 스캔에 응할 것! 거부 시 체포한다."

문짝이 떨어지면서 중무장한 요원이 들어왔다. 발소리로 추측건대 적어도 둘이었다.

"어떻게……."

겁에 질린 은별이 나를 보며 내려오려고 발을 뻗었다. 하지만 나는 손을 저으며 은별을 말렸다.

"숨어 있어."

은별은 고개를 끄덕이고 그림들 사이에 몸을 웅크렸다.

"내가 저들을 유인할 거야. 큰 소리가 들리면 출구로 나가. 알았지?"

말을 마치고 나는 곧장 0A 선반 쪽으로 달려갔다. 그러면서 일부러 그림 서너 개를 선반에서 떨어뜨렸다.

"무단 침입자는 즉시 앞으로 나와 생체 스캔에 응할 것!"

나는 0A 선반 쪽에 다다라 한 번 더 그림들을 발로 차 떨어뜨렸다. 요란한 소리가 났고, 요원 둘이 신중하게 다가왔다. 나는 옆 칸으로 피해 놈들이 지나가길 기다렸다. 숨바꼭질하듯 이리저리 숨고 피하며 벽 쪽으로 이동해 0P 선반 위로 올라갔다. 꼭대기 칸에는 그림이 많지 않아 숨어 있을 공간이 넉넉했다.

나는 숨을 멈추고 요원이 오기를 기다렸다. 한 요원의 조끼에는 082, 다른 요원의 조끼에는 312라는 숫자가 쓰여 있었다.

요원은 두리번거리며 다가왔다. 내가 위쪽 선반에 있다는 것은 알아차리지 못한 것 같았다. 나는 속으로 다섯을 센 다음 옆에 있는 그림들을 무더기로 082 요원의 머리 위로 밀어 버렸다.

"으악, 뭐야!"

비명이 멈추기 전에 나는 312 요원 쪽으로 몸을 날렸다. 허공에서 무릎을 접어 놈의 어깨를 내리찍었다. 놈은 비명도 지르지 못하고 뒤로 넘어갔고, 헬멧이 벗겨져 굴러갔다. 얼추 해결되었다 싶었지만, 헬멧이 굴러간 쪽에는 요원들을 따라온 두 명의 직원이 있었다.

나는 그들이 당황한 틈을 노렸다. 곧장 달려들어 앞쪽의 직원을 덮쳤다. 뒤에 서 있던 직원까지 뒤엉켜 넘어졌다. 나는 앞구르기를 해 몸을 일으켰다.

그때 뒤편에서 인기척이 났다. 은별이 향한 방향이었다. 나도 그쪽으로 내달았다. 그런데 바로 그때, 플라스틱 탄환이 진열대와 바닥에 튀었다. 돌아보니 082 요원이 넘어진 채로 스마트 건으로 쏘아 대고 있었다. 출구에 도착하자 은별이 나를 향해 소리쳤다.

"여기예요. 어서요!"

나는 숨을 몰아쉬고 네오 호크에게 외쳤다.

"네오 호크, 어디로 가야 해요? 바로 뒤에 요원이 있어요."

하지만 대답이 없었다.

"네오 호크, 내 말 안 들려요? 네오 호크!"

몇 번 더 불러 보았지만 여전히 아무 대답이 없었다.

보관실 안쪽에서 인기척이 났다. 안 되겠다 싶어서 아까 직원들이 나타났던 방향으로 나가려던 순간이었다. 마침내 네오 호크의 목소리가 들렸다.

"안 돼! 세븐틴, 그쪽이 아니야. 반대편을 봐. 끝에 유리창 보여? 그쪽으로 달려. 밑에서 기다릴게!"

은별의 손을 붙잡고 달리는데 탄환에 맞아 유리창이 산산이 조각나는 것이 보였다.

플라스틱 탄환이 바닥과 벽에 어지럽게 튀었다. 나는 더 속도를 냈다. 그리고 깨진 유리창 밖으로 힘껏 몸을 날렸다.

내 몸은 허공을 날았고, 순식간에 아래로 떨어졌다. 충격을 예상하고 질끈 눈을 감았는데, 다행히 촘촘하게 심어진 관목 위로 떨어져 큰 충격은 없었다. 나는 천천히 나무 아래로 내려가 은별을 기다렸다.

그런데 은별이 나오지 않았다.

"은별아!"

힘껏 외치던 입을 다물었다. 은별 대신 창에 나타난 건 무장 순찰대 요원이었다. 곧 요원에게 뒷덜미를 잡힌 은별이 보였다. 놈은 은별을 전리품처럼 번쩍 들어 올렸다. 스마트 건에 맞은 듯 은별은 고통스러워하고 있었다.

다시 창을 향해 달려가는 내게 요원이 총을 겨누었다. 탄환이 빗발쳤다.

돌아온 나의 친구

모든 일이 꿈만 같았다. 7-큐브에서 도망치던 그날, 요원이 나를 향해 스마트 건을 쏘았지만 누군가 나를 밀쳐 탄환을 비껴갈 수 있었다. 복면을 쓴 두 사람이 억지로 나를 붙잡아 7-큐브의 담장 밖으로 밀었다. 그들은 곧 7-큐브의 보안 시스템이 가동된다며 나를 끌고 미니버스에 탔다. 순식간에 일어난 일이었고, 결국 나는 은별을 구하지 못했다.

내내 괴로웠다. 잠을 자지 못했고, 이틀 동안 아무것도 먹을 수 없었다. 모두가 내 탓인 것 같았다. 은별을 잃어버리고도 아무것도 할 수 없었다는 사실이 절망스러웠다.

녹두를 두고 달아났는데, 은별마저 사지에 두고 왔다는
죄책감에 시달렸다.

"네 탓이 아니야."

네오 호크, 조안, 오두막 안의 사람들 모두 그렇게 말했
다. 그러나 나는 매일 악몽에 시달렸다.

"언제부터 그러고 있었던 거야?"

문이 열리는 소리와 함께 조안의 목소리가 낮게 날아
왔다. 하지만 나는 돌아보지 않았다. 그저 창틀 위에 쭈그
리고 앉아 바깥을 내다봤다. 방금까지 흩뿌리던 빗줄기
때문에 창에는 빗방울이 잔뜩 맺혀 있었다. 그 너머로 동
맹시의 높고 낮은 건물들과 동맹 타워의 형체가 희미하게
보였다.

"부탁할 게 있어서 왔어. 괜찮아?"

조안이 가까이 다가오며 말했다. 나는 고개를 돌리지
않았다. 지금 돌아보면 녹두의 얼굴이 있을 테니까. 그럼
은별이 더 선명하게 떠오를 테니까.

"벌써 일주일이 지났어. 우리에겐 시간이 없고……."

의자에 앉으며 조안이 나를 다그쳤다.

"이제 그만 좀 하지?"

"뭘 그만하라는 거예요? 은별인 지금도 고통받고 있을 거예요. 그때 무슨 수를 써서라도 구해야 했어요."

"어떻게? 네가 유리창을 깨고 나왔을 때, 이미 주변 50미터 반경에 서른 명이 넘는 요원이 그쪽으로 향하고 있었어. 1분이라도 더 거기에 머물러 있었다면 너도, 너를 구하러 갔던 어게인스터도 붙잡혔을 거야."

"아무리……."

나는 말을 잇지 못했다. 조안이 손에 쥐고 있던 마이크로 SD 카드를 내게 보여 주었다.

"네가 어떤 마음인지 알아. 하지만 너는 이걸 구했잖아. 이 안에 든 모든 자료는 마더에게 보냈어. 우리는 이걸 유용하게 사용할 거야."

그 말에 더 화가 났다.

"고작 그것 때문에 은별이가 붙잡혔어요. 그렇게 이용하다니…… 은별이보다 이게 더 중요해요?"

조안은 고개를 끄덕이고는 분명하게 말했다.

"응, 중요해."

"뭐라고요?"

나는 당당한 조안의 대꾸에 놀랐다. 어이가 없어서 헛

웃음이 나올 것만 같았다.

"잘 들어. 우린 지금까지 수많은 은별이를 잃었어. 녹두도 그중 하나고. 이제 더 이상 또 다른 은별이를 잃지 않으려는 거잖아. 그걸 모르겠어?"

그 말이 무슨 말인지 모르지 않았다. 하지만 그렇게 말하는 조안이 야속했다. 녹두라면 그런 말을 했을까. 아니었을 것이다. 모습은 녹두인데, 녹두라면 하지 않았을 말을 하는 조안이 미웠다.

이를 악물고 있는 나를 향해 조안은 답답하다는 듯 더 말을 이었다.

"이게 더 많은 은별을 구할……."

그때 방문이 열리고 네오 호크가 들어왔다.

"시간이 없어요. 이제 출발해야 합니다."

그제야 부탁할 게 있다던 조안의 말이 생각났다. 조안은 나를 똑바로 쳐다보면서 말했다.

"타깃 클론을 찾는 일이야. 지금 네가 어떤 상태인지는 알지만, 이 일은 누구보다 네가 잘 해낼 수 있어."

"카멜레온을 찾았다는 뜻인가요?"

"아니, 아직은 아니야. 다만 제조 번호와 판매 번호의 연관성을 부분적으로 알아냈고, 지금까지 살아 있는 휴먼 AI 3세대 중에서 카멜레온을 자기 메인 CPU에 보관하고 있을 만한 클론을 추적했어. 그 결과 11개체의 클론으로 범위를 좁혔지."

"그 클론 중 한 명의 몸에 카멜레온이 있다는 뜻이군요. 그래서요?"

"어제 고스트 쪽의 쉐도우 터널을 해킹했는데, 오늘 폐쇄 구역에서 로즈 게임이 열려. 틀림없이 이 게임에도 휴먼 AI 3세대가 참가할 거야. 그들 중에 타깃 클론이 있을 수도 있어. 게임 중에 클론이 사망하면 즉시 폐기되기 때문에, 만약에 그들 중 하나가 타깃 클론일 경우 카멜레온을 회수할 수 없어."

"……?"

"일단 우리가 타깃 클론을 정확히 알아낼 때까지 게임에 참가한 클론들을 지켜야 해."

네오 호크가 우려 섞인 목소리로 말했다.

"쉬운 일이 아니에요. 게이머와 싸울 수도 없는데, 몹으로 참가한 휴먼 AI 3세대를 보호해야 해요. 우리가 게이머로부터 공격받을 수도 있고요."

"맞아. 고스트 쪽에서 우리의 개입을 눈치채면 우리가 카멜레온을 찾고 있다는 것을 알아챌 수도 있어. 더구나 지금 닥터 솔로몬이 어떻게 되었는지도 모르는 상황이니까……."

조안은 뒷말을 얼버무리며 눈살을 찌푸렸다.

"제가 잘할 수 있을까요? 지금까지 제대로 한 일이 아무것도 없는걸요."

나는 진지하게 물었다. 정말로 자신이 없어서였다.

"할 수 있어. 알잖아, 휴먼 AI 3세대는 서로 의식하도록 설계되어 있어. 게임에 투입된 몹들 중에서 누가 휴먼 AI 3세대인지 너라면 바로 알 수 있지."

금방 이해가 됐다. 예전에 은별을 처음 만났을 때도 그랬으니까. 나는 고개를 끄덕이다가 질문했다.

"그런데 궁금한 게 있어요. 아까 말한 11개체에 저도 포함되나요?"

조안은 비교적 담담한 표정으로 고개를 끄덕였다.

"만약 내가 카멜레온을 가지고 있다면 그걸 어떻게 확인하죠? 내가 타깃 클론 중 하나라면서 왜 나부터 확인하지 않았던 거예요?"

"그건……."

조안의 눈빛이 살짝 흔들렸다.

"휴먼 AI 3세대는…… 메인 CPU를 건드리면 생체 활동이 멈추도록 설계되어 있어."

"죽는다는 소린가요? 아니면 폐기된다는?"

"아니야. 메인 CPU를 멈추지 않고도 데이터만 추출할 방법을 알아보고 있어. 거의 다 됐어. 꼭 해낼 거야. 그게 내 일이니까. 이제 며칠이면 돼."

조안은 잘못 꺼낸 말을 수습하려는 듯 불안하고 긴장돼 보였다.

"은별도…… 타깃 클론인가요?"

조안이 가만히 고개를 끄덕였다. 나는 숨을 몰아쉬고는 자리에서 일어났다.

"할게요."

"괜찮겠어? 지난 번보다 더 위험할 수도 있어."

"알아요. 하지만……."

가만히 이러고 있는 것도 고통스럽기는 마찬가지예요, 나는 그 말을 다 내뱉지 못했다.

폐쇄 구역으로 가는 내내 조안의 말을 떠올렸다. 우리는 지금까지 수많은 은별을 잃었으며, 녹두도 그중 하나라는 말. 나는 그녀가 먼 훗날 또 다른 클론에게 똑같은 말을 할 것만 같았다. 세븐틴도 그중 하나였어, 라고. 또 다른 세븐틴을 잃을 수는 없다는 말까지도…….

나는 피가 날 때까지 입술을 씹었다.

'얼마나 많은 녹두를, 은별을, 세븐틴을 잃어야 하는 걸까?'

공연하고 뒤숭숭한 생각이 계속 머릿속을 시끄럽게 했다. 그런 내 상태를 눈치챘는지, 네오 호크는 폐쇄 구역에 도착하자마자 내게 물었다.

"정말 괜찮겠어?"

나는 고개만 끄덕이고 대꾸하지 않았다. 우리는 은회색 건물 5층에 올라 몸을 숨겼다. 여기저기 부서져 내린 외벽 너머를 맥없이 쳐다보았다. 시커먼 먹구름으로 뒤덮인 하늘이 보일 뿐이었다. 마음이 불안해 잠시 자리에서 일어나려던 순간이었다.

"우리는 게이머에게 노출되면 안 돼!"

뒤쪽에서 날아온 목소리에 나는 잠시 주춤거렸다. 벽

가까이 붙어서 주변을 바라보았다. 3, 4층 정도로 보이는 오래된 빌라와 그보다 조금 높은 건물들이 그 사이에 삐죽삐죽 솟아 있는 것으로 보아 오래전에는 주상복합 지역이었을 거란 생각이 들었다. 하지만 이제 건물들은 허물어지거나 반 토막만 남아 있었다. 형체가 사라지고 흔적만 겨우 남은 곳도 부지기수였다. 도로에는 제멋대로 마구 자란 잡초와 건물의 부서진 잔해들이 나뒹굴었다. 포탄에 맞은 듯 구덩이가 파인 곳도 있었다. 폐쇄 구역을 한두 번 와 본 것도 아닌데 낯설게 느껴졌다. 오물이 썩는 냄새와 알 수 없는 비린내가 코를 찔렀다. 그 바람에 나도 모르게 얼굴이 찌푸려졌다.

조금 움직이자 부서진 벽돌 몇 개가 아래로 후두둑 떨어져 내렸다. 바닥에 떨어진 벽돌이 산산조각 나는 걸 보자 갑자기 현기증이 일었다.

"조심하라고 했잖아."

네오 호크의 억센 손이 내 어깨를 붙잡았다.

"지금도 늦지 않았어. 돌아가도 돼. 아무도 너를 탓하지 않아. 내가 말했잖아. 생명은 소중하다고."

바깥에서 인기척이 들렸고, 네오 호크는 내 팔을 한 번 더 끌어당기며 말했다. 나는 자리에 주저앉았고, 네오 호크는 내가 서 있던 벽 쪽으로 가 아래를 조심스레 살폈다.

"게이머들이 모이고 있어. 준비해. 이제 시작이야. 어떻게든 몹을, 대상 타깃을 구해야 돼. 게이머도 고스트도 모르게!"

그때 멀리서 큰 소리가 울렸다. 녹색 연기가 피어올랐다가 서서히 사라지고 있었다. 게임의 시작을 알리는 신호탄이었다. 나는 침을 꿀꺽 삼키고 조심스럽게 한 계단씩 내려가는 네오 호크의 뒤를 바짝 따랐다.

게이머는 다섯 명이었다. 모두 은색 보호 슈트를 입고, 위협적으로 보이는 안면 밀착형 헬멧을 썼다. 우리는 잠시 그들의 움직임을 관찰했다.

신호탄의 연기가 완전히 사라진 뒤 그들은 각각 둘셋씩 짝을 이루어 두 방향으로 흩어졌다. 네오 호크가 셋을 따라갔고, 나는 둘을 따라갔다. 내가 쫓는 게이머의 헬멧에는 각각 33과 41이란 숫자가 또렷하게 보였다.

둘은 거리로 나서 길을 따라 달렸다. 비슷한 모양의 집들이 늘어선 쪽에서 주위를 살폈다. 그러고는 깨진 벽돌 무더기가 잔뜩 쌓인 골목 안으로 들어섰다. 나는 들키지 않기 위해 잠시 기다렸다가 천천히 그들을 쫓았다. 그런데 갑작스럽게 낯선 총소리가 들렸다. 나는 얼른 골목 안쪽을 살폈다. 경사진 골목길을 오르며 둘은 번갈아 스마트 건을 쏘아 댔다. 그런데 내가 알던 손목형 스마트 건이 아니었다. 총신이 긴 권총이었는데, 소리만으로도 위력이 대단해 보였다.

따라가 보니 탄환이 스친 자국이 벽에 선명히 남아 있었다. 자칫하면 몹이 큰 부상을 입을 수도 있는 파괴력이었다.

'안 되겠다. 게이머보다 먼저 몹을 찾아내야겠어.'

나는 게이머들의 루트를 보고 몹의 위치를 가늠했다. 앞지르려면 최단 거리로 움직여야 했다. 부서진 담장을 타 넘고, 쓰레기가 널린 집을 가로질렀다. 그러고는 시야를 확보하기 위해 곧바로 상가 건물 4층으로 올랐다. 거기서 맞은편 건물을 쳐다보자 3층에 움직이는 물체가 보였다.

'몹이다.'

집중하니 전자 조끼의 숫자도 보였다.

C-73. 느낌상 휴먼 AI 3세대는 아닌 것 같았다.

'신호를 보내서 게이머의 위치를 알려 줄까, 아니면 직접 도와줄까.'

결론을 내기도 전에 몹의 바로 근처에 게이머가 나타났다. 게이머는 적극적으로 몹을 향해 다가갔다. 그의 손에는 은빛 스마트 건이 들려 있었다. 잔뜩 공포에 질린 C-73이 손을 내저었다. 하지만 게이머는 아랑곳하지 않고 난간에 길이 막힌 채 어쩔 줄 몰라 하는 몹을 향해 스마트 건을 발사했다.

"으아아악!"

탄환이 전자 조끼를 파고드는 소리와 함께 끔찍한 비명이 고요한 폐쇄 구역에 퍼져 나갔다. C-73은 고통이 심한 듯 온몸을 비틀었다. 전자 조끼에서 불꽃이 튀었고, 연기가 일었다. 하지만 게이머는 다시 한번 스마트 건을 쏘았다.

퍽!

그 한 발에 C-73은 뒷걸음치다 몸의 중심을 잡지 못하고 난간 뒤로 넘어갔다. 짧은 비명 뒤에 곧이어 끔찍한 정적이 감돌았다.

'방금 내가 뭘 본 거지?'

섬뜩했다. 불과 몇 분 사이에 일어난 일이었다. 마치 내가 당한 일 같아 온몸을 떨었다. 스마트 건은 파괴적이고 게이머는 터무니없이 잔인했다. 몹은 손발이 묶인 채 덫에 갇힌 짐승 같았다.

내가 치를 떠는 동안, 게이머는 주변을 살피더니 건물을 유유히 벗어났다. 나는 게이머가 사라진 방향을 가늠하고 건물에서 내려와 높은 담장이 이어진 골목길로 걸었다.

그때 오른편 건물의 담장을 타 넘는 1085번 게이머를 발견했다. 그가 향하는 어딘가에 몹이 있는 게 분명했다.

나는 그를 쫓았다. 게이머가 담장을 하나 더 돌고, 골목으로 나서는가 싶었는데 그 너머, 부서진 기둥만 남은 건물 뒤로 누군가 사라지는 게 보였다. 게이머가 기둥을 향해 스마트 건을 쏘아 댔다.

퍽, 퍽퍽!

부서지는 소리와 함께 낡은 벽돌 기둥에서 먼지가 일었다. 기둥 위가 무너져 내리며 숨어 있던 몹의 어깨가 드러났다. 몹은 다시 몸을 숨겼지만, 나는 마음이 급해져 땅바닥에서 돌을 집어 들고 재빨리 게이머를 향해 던졌다. 다행히 돌은 그의 등을 정확히 맞추었다.

하지만 바로 다음 순간, 게이머가 뒤를 돌아보더니 스마트 건을 쏘아 댔다. 탄환이 바로 내 옆의 벽과 바닥에서 튀었다.

'차라리 잘됐어.'

나는 그를 유인해야겠다고 마음먹었다. 곧바로 달아나지 않고, 그가 이쪽을 향해 어느 정도 다가오길 기다렸다. 그사이에 몹이 몸을 피하기를 바라면서.

하지만 게이머는 영리했다. 내게 위협 사격을 하면서도 가끔씩 붉은 벽돌 기둥을 향해 스마트 건을 쏘아 댔다.

그 때문에 그 뒤에 숨은 몹은 달아나지 못했다.

'더 시간을 끌면 위험해!'

나는 게이머가 몹에게 집중 사격하는 틈을 노려 그를 향해 몸을 날렸다. 내가 뒤에서 덮치자 게이머는 스마트 건을 놓치고 넘어졌다. 그를 붙든 나는 몹이 있는 쪽을 향해 소리를 질렀다.

"달아나!"

내 말을 들었는지 몹이 기둥에서 벗어나 옆 건물 안으로 사라졌다. 나도 달아나려 했지만 이번에는 게이머가 넘어진 채로 나를 붙잡았다.

"너 뭐야? 전자 조끼 어딨어? 죽으려고 환장했군. 원한다면 그렇게 해 주지!"

화가 난 듯 말투가 거칠었다. 내 얼굴을 향해 주먹질을 하는 것을 피하며 그를 떨쳐 냈다. 싸울 태세를 취하는 척 거리를 벌린 후에 나는 바로 돌아서 뛰었다.

"거기 서지 못해! 이 더러운 패티 티슈!"

나는 걸음을 멈출 수밖에 없었다. 패티 티슈라는 말에 기분이 상해서가 아니었다. 그의 목소리가 익숙했다. 내가 그대로 서 있자 게이머가 스마트 건을 집어 들어 나를 겨누었다. 나는 스스로 믿기지 않는 말을 꺼냈다.

"세인! 너, 맞아?"

게이머가 주춤거렸다. 그래서 나는 확신을 가지고 다시 물었다.

"맞지? 세인……."

"누구야? 누군데 나를……. 너 몹 아니지?"

흥분한 세인이 내 말을 가로챘다. 뭔가 이상했다. 하지만 세인이 불에 일그러진 내 얼굴을 알아볼 수 없으리라는 생각이 들어 설명했다.

"나 세븐틴이야! 너 대신……."

"뭐라고?"

세인이 되물었다. 헬멧 때문에 표정을 읽을 순 없었지만, 몹시 당혹스러워하는 느낌이었다. 세인이 다가와 내 얼굴을 자세히 살폈다. 나는 고개를 조금 돌려 다치지 않은 쪽의 얼굴을 그가 볼 수 있도록 했다. 세인은 헬멧을 벗고 맨눈으로 내 얼굴을 세심하게 살폈다. 그의 얼굴을 본 순간, 가슴이 아팠다. 얼마 전까지 내가 저 얼굴이었다는 게 믿어지지 않았다.

"네가 어떻게……? 그 얼굴은 어떻게 된 거야?"

"아빠랑 같이 떠나던 날에 사고로……. 지금은 괜찮아. 네가 그 이후로 집에 돌아갔다는 말은 들었어."

"그랬지. 그런데 넌 뭐지? 몹으로 이 게임에 참가한 것 같지는 않고……."

세인은 고개를 갸웃거렸다.

"게임에 참가한 휴먼 AI 3세대를 지키려고."

"그게 무슨 말이야? 이 게임을 방해하겠다는 거야?"

탐탁지 않은 듯한 표정이었다. 그런 세인이 낯설게 느껴졌다. 함께 병원에서 도망쳤던 그때의 세인이 아닌 것만 같았다.

"너야말로 어떻게 된 거지? 비관리 구역으로 간다고 했잖아."

"그건……."

세인이 이마의 땀을 닦고 말했다.

"아빠가 그랬어. 내가 돌아오지 않으면 엄마의 모든 것을 빼앗겠다고. 비관리 구역 어디라도 쫓아가서 엄마가 더는 그림을 그리지 못하게 하겠다고……. 엄마를 지켜야 한다고 생각했어."

그 말에 고개를 끄덕였지만 그래도 뭔가 이상했다.

"그렇다고 이런 게임까지 해야 해? 더구나 두 번……."

나는 말을 끝맺지 못하고 입을 다물었다. 지금이 두 번째라고, 내가 몹이었을 때도 너를 만났었다는 말은 하지 않는 게 좋을 것 같았다.

"다시 내 자리로 돌아와서 많은 생각을 했어. 이제 나는 어떻게 해야 할까? 아니, 난 누구일까? 뭘 해야 할까. 주위 사람들에 대해서도 생각했어. 아빠와 새엄마, 세나, 비관리 구역에 있는 엄마와 너……."

"그래서 얻은 결론이 뭔데?"

"내가 애초에 그 자리를 지켰다면 어땠을까. 다른 아이들과 다르지 않게 살았다면……. 그게 모두에게 가장 좋은 선택이었을 거야. 그러니 이제라도 내 자리를 지키려고. 과거가 어떻든 내가 누구를 만났든 이제 나는 동맹시에서 살아야 하니까."

세인이 무슨 생각을 하는지 어렴풋이 이해가 갔다. 무엇보다 "이제 나는 동맹시에서 살아야 하니까"라는 말에서 어떤 각오가 느껴졌다. 그리고 순간, 세인과 나 사이에 선이 분명하게 그어지는 기분이 들었다.

그래서 더 이상 묻지 못했다. 그를 탓할 이유도 없었다.

선택은 세인이 한 것이니까. 그렇게 결론 내리자 게임에 나타난 세인에 대해 잠시나마 의아하게 생각했던 자신이 우스워졌다. 그는 결국 동맹시민이었다.

"그런데 방금 그게 무슨 말이지? 몹을 구해야 한다니? 너야말로 지금 무슨 짓을 하고 있는 거야."

갑자기 나를 향하는 질문에 어떻게 답해야 할지 알 수 없었다. 그 이유를 설명하려면 많은 시간이 걸릴 게 분명하고 자칫 하지 말아야 할 이야기까지 하게 될 것 같았다. 어쨌든 세인은 동맹시민이고 그의 아빠는 안보국장이니까.

"너와 같은 클론이라서 돕는 거야, 아니면 다른 이유가 있는 거야?"

세인이 다시 물었다. 답하기가 어려워 나도 모르게 부탁이라도 하듯 말했다.

"이번만……. 더는 도움 청할 일 없을 거야. 어차피 만날 일도 없을 테고……."

"무슨 일을 하든 눈감아 달란 뜻이야?"

나는 고개를 끄덕일 뻔했다. 그래도 한때는 같이 병원을 탈출했고, 그가 나를 구했고, 내가 그를 대신해…….

그런 생각을 하다가 고개를 저었다. 그 일들이 아주 먼

과거처럼 느껴졌다.

어디선가 높고 가느다란 비명이 주변의 무거운 공기를 뒤흔들었다. 동시에 세인은 내게서 등을 돌리고 뛰기 시작했다. 나도 뒤를 따랐다. 한참을 달리자 너른 골목길이 나타났고, 그 길 왼편에는 넘어져 있는 게이머가, 오른편에는 전자 조끼를 입은 몹이 보였다.

게이머는 비명을 지르며 스마트 건을 난사하고 있었다. 탄환은 대부분 몹의 전자 조끼에 맞았다. 하지만 몹은 아랑곳하지 않고 거침없이 게이머를 향해 다가갔다.

"세나야!"

세인이 세나의 이름을 부르며 튀어 나갔다. 넘어져 있는 게이머가 세나라고?

곧 세인도 스마트 건을 쏘았다. 몹의 전자 조끼에서 아까보다 더 심한 불꽃이 튀었다. 불이라도 날 것 같았다. 하지만 몹은 굴하지 않고 걸음을 옮겼고, 세인을 붙잡아 길 한편으로 내동댕이쳤다. 세인이 비명을 지르며 벽으로 날아가 부딪쳤다.

'뭐지?'

순간 혼란스러웠지만, 어렵지 않게 답을 알 수 있었다.

슈퍼 클론이었다. 전자 조끼가 불타도, 수백 볼트의 전류가 온몸에 흘러도 버티며 다가오는 것을 보아 슈퍼 클론이 틀림없었다.

고스트의 아지트에서 도망쳤던 날이 생생하게 기억났다. 쓰러뜨려도 쫓아오고, 피를 흘리면서도 고통스러운 기색 없이 다가오던 괴물 클론의 모습. 그때와 똑같았다.

두려움에 몸이 떨렸다. 하지만 망설일 때가 아니었다. 몹이 세나의 어깨를 쥐고, 스마트 건을 빼앗아 내동댕이쳤다.

"안 돼!"

세나라는 걸 안 이상 내버려 둘 수 없었다. 나는 소리치며 달려 나갔다. 몸을 날려 몹을 어깨로 밀어냈다. 몹이 나동그라졌고, 나는 서둘러 세나 쪽을 살폈다. 다행히 다친 곳은 없어 보였다. 전투를 준비하기 위해 몹 쪽으로 시선을 돌렸다. 그런데 몹의 얼굴이 몹시 낯익었다.

"은별아!"

믿을 수가 없었다. 나는 은별을 향해 달려갔다. 하지만 일어난 은별은 내 어깨를 붙잡고는 밀쳐 냈다. 엄청난 힘이 느껴졌다. 나는 뒤로 나가떨어졌다. 어깨가 바스라질 것 같았다. 하지만 나는 다시 벌떡 일어나 외쳤다.

"은별아, 나야! 나 모르겠어?"

그러나 은별은 초점 없는 눈으로 나를 바라볼 뿐 아무런 반응이 없었다. 다만 다시 나를 붙잡고는 밀치려고 했다. 나는 버텼다. 은별의 팔을 붙잡고 다시 소리쳤다.

"정신 차려!"

소용없었다. 은별은 더 큰 힘으로 나를 밀쳤다. 뒤로 비틀거리다가 넘어진 나는 돌에 머리를 부딪쳤다.

"윽……!"

잠시 일어나지 못했다. 그때, 세나가 은별을 향해 다시 스마트 건을 쏘았다. 그 바람에 은별의 전자 조끼에서 불꽃이 튀었다.

"그만둬!"

나는 소리치면서 겨우 일어났다. 그러나 세나는 연거푸 스마트 건을 쏘았고, 은별은 세나를 향해 달려들었다.

"게임을 중단해야 해! 게임 중단, 어서!"

그때, 벽돌 무더기를 헤치고 나온 세인이 헬멧을 벗으며 신경질적으로 외쳤다. 세인이 벗어 든 헬멧에서 안내가 흘러나왔다.

— 게임 중단을 요청하셨습니다. 장미 6팀이 패했습니다. 30만 크레딧을 추가 결제하셔야 합니다. 게임 오버!

모든 것이 멈췄다. 세나의 스마트 건은 더 이상 작동하지 않았고, 은별도 움직임을 멈췄다.

어디선가 쿼드콥터 드론이 나타나자 은별은 잠에서 깨어난 듯 두리번거리다 내가 붙잡을 새도 없이 골목 저편으로 달아나기 시작했다. 나는 은별의 뒤를 쫓았다. 따라잡았다 싶었을 때, 차 한 대가 먼지를 일으키며 나타났다. 은별은 그 차에 올라탔다. 차가 다시 속도를 내기 시작할 때, 은별이 이쪽을 한 번 쳐다보았지만 나를 알아보는 것 같지는 않았다.

뒤편에서 웅성거리는 목소리가 들렸다.

"도대체 무슨 일이야? 왜 게임을 중단시킨 거야?"

"저놈은 뭐지?"

게임이 중지되자 다른 게이머들이 모습을 드러낸 것이다. 그중 하나가 내게 손가락질을 했다. 나는 정신을 차리고 뒷골목을 향해 달려갔다.

마지막 게이머

녹두와 함께 제3 거류지의 무덤 앞에 서 있던 날이 생각났다. 죽은 자들의 인식표가 불빛에 반짝이던 탑을 녹두는 '아름다운 무덤'이라고 불렀다.

바로 그날, 나는 순찰대 요원들로부터 쫓기던 한 아이에게 지켜 주겠다는 약속을 했다. 그것은 자신에 대한 약속이기도 했다. 나 역시 죽지도 못하고 온몸이 너덜너덜해질 때까지 사용될지 모르는 클론이었으므로. 하지만 그때까지만 해도 그런 일이 내 가까운 사람에게도 일어나리라고는 조금도 예상하지 못했다.

그런데 은별이라니. 은별이 슈퍼 클론이 되어서 나타

나다니! 나도 알아보지 못하고 오로지 누군가의 조종에 의해서만 움직이게 되다니……. 며칠 동안 단 한순간도 은별의 모습이 머릿속에서 떠나지 않았다. 초점 없는 눈, 맹목적으로 세나를 향해 달려들던 모습, 전자 조끼에서 불꽃이 튀던 장면이 계속…….

옆에 앉아 있던 네오 호크가 내 손을 잡았다. 나는 주위를 돌아보았다. 그리고 폐쇄 구역의 어수선한 풍경에 낮게 신음했다. 불과 며칠 만에 다시 이곳으로 내몰린 현실 앞에서 나는 주저앉고 싶었다. 너와 나 같은 클론들은 끊임없이 폐쇄 구역을 떠돌며 살게 될 것이라던 녹두의 말이 떠올랐다. 나는 어금니를 세게 물었다. 녹두의 그 말에는 '맞서 싸우지 않으면'이라는 단서가 붙어 있었다.

나는 네오 호크가 붙잡은 손을 놓고 고개를 끄덕였다. 조안이 했던 '마지막'이란 말에 희망을 걸기로 했다. 엊그제 그녀가 한 말을 머릿속에 되새겼다.

"이틀 뒤에 동맹시 평의회에서 중요한 회의가 열려. 제3 거류지와 그곳 주민들의 운명을 바꾸어 놓을 만한 사안들이 논의되지. 회의 시간에 맞추어서 반시연대 사람들이 동맹시 세 곳에서 일제히 시위를 시작할 거야. 동시에 나는 마더와 함께 네가 찾아온 파일을 동맹시 평의회 부위원장에게 보낼 거고. 시위가 시작되면 보안국에서는 순찰대 무장 요원들을 동원해 강제 진압하겠지? 너와 네오호크는 그걸 막아야 해. 그러기 위해서는 안보국장의 신변을 우리가 확보해야 하고. 다행히 우리가 빼낸 정보에 의하면, 그 결정권을 쥔 안보국장은 당일 폐쇄 구역에서 저격수 게임에 참가해. 얼마 전, 동맹시 평의회에서 안보국장의 평의회 위원 승격 건을 부결시켰나 봐. 불만을 품고 일주일간 휴가를 냈고, 그사이에 게임을 하려는 거지. 어떻게든 그를 폐쇄 구역에 묶어 둬야 해. 위험한 일이지만, 이번이 마지막일 거야. 꼭 그래야 해. 기억해, 그의 게이머 배정 번호는 0716번이야. 우리가 만날 마지막 악마의 숫자지. 그리고 하나 더! 그 게임에 참가한 몹 중에는 타깃 클론 후보도 섞여 있어. 그들을 최대한 보호해."

　나는 짙은 먹구름으로 뒤덮인 폐쇄 구역의 하늘을 바라보며 다짐했다. 한때는 아빠인 줄 알았던 그를, 그저 0716번 게이머로만 생각하기로. 그에 대해서 그 어떤 다른 감정도 갖지 않기 위해서였다. 그래야만 이 게임이 마지막 게임이 될 테니까.

탕!

총소리가 울리며 고요가 깨졌고, 머릿속의 복잡한 생각이 흩어졌다. 폐쇄 구역 한가운데라는 사실을 새삼 깨달았다. 게임이 이미 아까부터 진행 중이고, 나와 네오 호크, 어게인스터들은 게임에 끼어들 틈만 노리고 있다는 것도.

낡은 건물 안을 휘돌아보니 현실감이 더해졌다. 긴장한 어게인스터 여섯의 굳은 얼굴 때문이었다. 총소리가 연속해서 들리자 그들은 재빨리 경계 자세를 취했다.

심장이 빠르게 뛰었다. 갑자기 숨이 막힐 것 같아 길게 심호흡했다. 네오 호크는 긴장하지 말라는 듯 한 손을 들고는 고개를 끄덕였다. 하지만 이미 내 머릿속은 다시 복잡해졌다.

'몇 명의 클론은 이미 게이머의 총에 맞고 쓰러졌을 거야. 아니, 만약 슈퍼 클론이라면 총에 맞은 뒤에도 게이머를 향해 질주하겠지. 어차피 그들은 자신의 의지가 아니라 조종당하는 대로 움직이니까. 팔이 너덜거려도 다리가 부러져도 움직일 거야. 그럼 게이머는 그런 클론이 완전히 쓰러질 때까지, 숨이 완전히 멈출 때까지 쏘아 대겠지.

으으! 끔찍한 건, 그들 중에 은별이 섞여 있을지도 모른다
는 거야.'

생각이 꼬리에 꼬리를 물고 이어지고 있을 때 네오 호
크의 스마트 워치에서 붉은빛이 났다.

"마더의 명령에 따라 길고양이들이 거리에 나섰습니
다. 마더는 집사에게 소포를 보냈고요. 들고양이, 지금 움
직이세요. 게이머들의 탄환이 거의 비었습니다. 통신 채
널은 모두 열어 두세요."

어게인스터들이 하나둘씩 움직였다. 옷을 추스르고 검
은색 복면을 썼다. 나도 그들처럼 얼굴을 가렸다. 몇몇은
네오 호크처럼 총을 품에 넣었다. 네오 호크는 내게도 총
을 권했지만 나는 고개를 저었다. 순간적으로 내가 정말
로 총을 쏘게 될지 모른다는 생각이 들어서였다. 왠지 그
래서는 안 될 것 같았다.

네오 호크는 고개를 끄덕이고는 어게인스터들을 향해
말했다.

"이곳을 나가는 순간, 우리도 저격수의 표적이 됩니다.
그들은 우리도 몹으로 인식하고 고성능 조준경이 달린 저
격용 소총으로 인정사정없이 쏘아 댈 것입니다. 우리는

최대한 그들에게 혼란을 주고, 가능한 한 몹이 오래 버티도록 도울 겁니다. 그래야 우리가 0716번 게이머를 확보할 수 있습니다. 그러나 사격을 최소화하고, 게이머들을 살상해서는 안 됩니다."

청년들은 고개를 끄덕였고, 네오 호크가 주먹을 들어 보이자 우르르 달려 나갔다. 그들이 나가고 1분도 지나지 않아 총소리가 연달아 울렸다.

네오 호크가 나를 한 번 쳐다보고는 출발했다. 나는 뒤를 따랐다. 그때 총소리와 함께 머리 위의 벽에서 파편이 튀었다. 나는 재빨리 고개를 숙이고 깨진 벽돌 무더기 뒤에 숨었다.

네오 호크가 턱짓으로 앞을 가리켰다. 쌍둥이처럼 생긴 두 개의 건물이 눈에 들어왔다. 다른 건물과는 달리 비교적 온전한 모습이었다. 얼핏 보아도 10층 이상이은 될 것 같았다. 그 앞쪽으로는 멀쩡한 건물이 거의 없고 도로도 넓었다. 몹이 저격수의 탄환을 피해 숨을 곳이 마땅치 않다는 뜻이었다. 건물로 달려가는 것 자체가 자살행위였다.

하지만 그래도 가야 했다. 무성하게 자란 잡목 뒤에 숨어서 구르고, 다 부서지고 겨우 앉은키만 한 형체만 남은 기둥 뒤에 웅크리기도 했다. 갈라진 아스팔트 도로 사이에 몸을 구겨 넣었고, 달리다가 구덩이에 몸을 던졌다. 조금씩 앞으로 나아갈 때마다 탄환이 날아들었다. 어딘가에서 총소리와 함께 비명이 들렸다. 누가 비명을 지르고 있는 걸까 상상하면 자꾸만 은별의 얼굴이 떠올라 걸음이 느려졌다. 하지만 네오 호크가 계속 나를 다잡아 주었다. 자꾸만 엉뚱한 쪽으로 달아나려는 생각까지도.

마침내 쌍둥이 빌딩 앞에 도착했을 때, 귓속의 초소형 이어셋에서 목소리가 흘러나왔다.

"게임 시간은 30분 남았습니다. 0716번 게이머는 오른쪽 쌍둥이 빌딩 11층에 있습니다. 1012번 게이머는 무장해제 되었습니다. 현재 남은 게이머는 두 명이며, 몹은 여섯 명 생존했습니다. 현재 2261번 게이머가 빠르게……"

우리는 재빨리 건물 안으로 들어갔다. 온갖 쓰레기와 건물 잔해로 어지러운 로비를 단숨에 가로질러 곳곳이 부서진 중앙 계단을 오르기 시작했다. 한 층씩 오를 때마다 긴장감이 커지면서 숨도 가빠졌다.

'게이머 0716을 어떤 식으로 마주해야 하지?'

7층에 올라 잠시 멈췄다. 숨을 고르기 위해서였다. 하필 그때, 비명이 들렸다.

"끄어어억!"

네오 호크가 소리가 들린 방향을 가늠하려 했지만 다른 소음들이 겹쳤다. 스마트 워치에서 긴급한 목소리가 들려왔다.

"2261번 게이머가 오른쪽 빌딩 11층에 있습니다."

"세븐틴, 저쪽으로 가!"

네오 호크가 오른쪽 복도를 가리켰다. 나는 지시에 따라 그쪽을 향해 달려갔다.

복도 끝에 계단이 나타났다. 서둘러 올라가니 다시 긴 복도가 나타났다. 아무도 없고, 아무것도 보이지 않았다. 어둠에 익숙해지자 양편으로 문이 떨어져 나간 방들이 있는 게 보였다. 예전에는 호텔 객실로 쓰였던 듯, 문 옆쪽에 번호가 쓰여 있었다.

"833, 834, 835……."

번호를 확인하며 방 안쪽을 힐끔거렸다. 부서진 가구들이 나뒹굴었고, 창문에는 걸레처럼 찢어진 커튼이 펄럭였다. 어디에도 사람의 흔적은 보이지 않았다.

방을 살피며 복도를 걷는데, 복도 끝에서 검은 그림자가 훅 지나갔다. 나는 그쪽으로 내달렸다. 하지만 그는 비상계단 위로 사라지고 난 뒤였다. 쫓아 올라가자 뛰어나가는 사람을 발견했다. 전자 조끼를 입은 것으로 보아 몹이 틀림없었다. 몹은 내가 쫓아오는 것을 눈치챘는지 9층 복도 중간에 있는 방으로 들어갔다. 나는 그를 따라 들어가다 걸음을 멈췄다. 몹이 방 안에서 머뭇거린다 싶었는데 그 너머에 0716번 게이머가 서 있었다. 세인의 아빠, 아니 안보국장 류지호였다.

나는 재빨리 입구 뒤로 몸을 감추고 심호흡했다.

"하하, 어리석은 패티 티슈. 이쪽으로 도망칠 줄 알았지. 죽어!"

류지호는 몹을 향해 총을 난사했다. 그러자 몹은 창 쪽으로 비틀거리며 물러났다. 전류가 도는지 제자리에서 버티지 못하고 그대로 난간 아래로 떨어졌다.

나는 몹이 사라진 건물 난간 쪽에 멍하니 시선을 두고 있었다. 어떻게 해야 할지 알 수 없어 잠시 기다렸다.

그런데 몹이 사라진 쪽에서 기척이 들렸다. 난간에서 떨어졌던 몹이 녹슨 철근이 튀어나온 기둥을 붙잡고 기어오르고 있었다.

"슈퍼 클론인가?"

나는 혼잣말처럼 중얼거렸다. 은별이 생각나 명치 끝이 아팠다.

몹은 곧장 류지호를 향해 다가갔다. 걸음걸이가 약간 불안했다. 목이 한쪽으로 돌아가고, 머리에서 피가 흘러내리고 있었다.

류지호는 잠시 당황하는 듯했지만, 곧이어 다시 스마트 건을 쏘아 댔다. 몹의 전자 조끼에서 아까보다 더 심하게 불꽃이 튀었다.

몹이 비명을 지르며 무릎을 꿇고 넘어졌다. 그제야 스마트 건의 총소리도 멈췄다. 쓰러진 몹의 몸에서 연기가났다. 류지호는 몹에게 달려가 발로 허리를 몇 번이고 걷어찼다. 한 번 몸을 움찔 떤 몹은 다시 일어나지 못했다.

그러고도 분이 안 풀렸는지 류지호는 계속 몹을 발로찼다. 게임용 고글에서 "게임 오버!"라는 소리가 분명하게 들렸는데도 그는 발길질을 멈추지 않았다.

저 분노가 어디서 오는 건지 궁금했다. 그는 왜 이미 정신을 잃은 몹에게 화풀이를 하는 걸까. 그저 조종당하는 존재인 클론이 그에게 무슨 큰 잘못이라도 한 걸까. 자신이 원할 때 죽지 않아서? 이유가 무엇이든 이해할 수 없을 것 같았다.

'이건 아니야!'

나는 그의 앞으로 나섰다.

"이제 그만하시죠!"

류지호는 흠칫 놀라더니 저격용 총으로 나를 겨누었다.

"네놈도 몹인가? 그런데 전자 조끼가 없잖아."

나는 겁먹지 않았다. 긴장됐지만, 두려워할 필요는 없었다. 저격용 총은 작동하지 않을 것이다. 나는 앞으로 더 나아갔다.

"거기 멈춰!"

류지호는 소리를 지르며 방아쇠를 당겼다. 하지만 예상했던 대로 총은 발사되지 않았다. 그는 신경질적으로 방아쇠를 연신 당기다 총을 집어 던졌다. 게임용 고글에서 건조한 안내가 흘러나왔다.

─ 게임이 종료되었으므로 더 이상 무기를 사용할 수 없습니다. 회수용 차량이 곧 도착할 예정입니다. 잠시만 기다려 주······.

그러나 류지호는 빠른 손놀림으로 윗옷 안주머니에서 권총을 꺼내 들었다.

그가 항상 가지고 다니던 권총이었다. 나는 뒤로 물러나다가 쓰러진 몹의 몸에 발을 헛디뎠다. 중심을 잃고 넘어지는 순간, 탕 소리와 함께 어깨가 뜨거워졌다. 나는 어깨를 감싸고 옆으로 굴렀다. 한 발의 총소리가 더 들렸고, 질끈 눈을 감았다.

그런데 이상했다. 틀림없이 나를 향해 쏘았다고 생각했는데 몸이 멀쩡했다. 눈을 떠 보니 류지호가 제 팔을 끌어안은 채 고통스러워하고 있었다. 그의 권총은 바닥 저편에 떨어져 있고, 네오 호크가 총을 겨눈 채 다가오고 있었다.

"이 새끼들 뭐야? 너희들 지금 누구를 건드렸는지 알아? 이러고도 무사할 줄 알아?"

류지호는 소리를 질러 댔다. 그런 그에게 네오 호크가 또박또박 대꾸했다.

"그건 당신이 여기서 무사히 빠져나갔을 때나 할 수 있는 말이야. 지금 어떤 상황인지 모르겠어? 내가 당신의 머리에 총을 겨누고 있다고!"

네오 호크는 어느새 류지호의 머리 바로 앞에 총구를

들이대고 있었다. 그러자 비로소 류지호가 당황하는 모습을 보였다.

"뭐, 뭐라고?"

"당신이 무사히 살아 나갈 수 있는 방법을 알려 줄게. 우선 당신의 바이오 워치를 실행시켜. 어차피 게임도 끝났으니까."

그는 손을 떨며 바이오 워치를 작동시켰다. 저장되어 있던 메시지가 홀로그램 동영상으로 연달아 재생되었다.

— 국장님, 동맹시 네 곳에서 동시다발적으로 소요 사태가 발생했습니다. 무장 순찰대 투입이 필요해 보입니다. 허가해 주십시오.

— 동맹광장의 시위 인파가 점점 더 늘어나고 있습니다. 동맹시 남문은 이미 시위대에 의해 개방되었고, 제3 거류지 주민의 유입이 시작되었습니다.

— 동맹시 평의회는 안보국장의 즉시 복귀를 명령합니다.

비슷한 내용의 메시지가 예닐곱 개나 더 대기 중이었다. 그러나 류지호는 나머지 메시지는 아랑곳하지 않고 네오 호크를 쳐다보며 말했다.

"반시연대……?"

"지금부터 당신이 할 일은 안보국장의 권한으로 시위 현장에 무장 순찰대의 투입을 막고 평화적인 시위를 보장하는 거야."

네오 호크는 냉정하게 요구했다. 하지만 그 말에 류지호가 크게 웃었다.

"푸하하하! 웬 놈들인가 했더니 고작……. 그래서 네 놈들이 뭘 얻을 수 있지? 내가 그 말을 들을 것 같나? 내가 아니라도 무장 순찰대는 이미 출동해서 거리를 점령했을걸? 고작 너희 따위가 나에게, 아니 동맹시에 대항한다고? 어림없는 소리……."

그는 거침없이 네오 호크를 조롱했다. 네오 호크가 그를 향해 총을 겨누고 있는 모양새가 무안할 정도였다. 나는 위축되어 침을 꿀꺽 삼켰다. 세인으로 살면서 봐 온 기세 당당한 태도 그대로였다. 공연한 허세를 부리는 것 같지는 않았다.

'정말 뭔가 일이 잘못되고 있는 걸까?'

의심이 들던 때, 재생되는 대기 메시지들 가운데 문득 귀에 익은 목소리가 들려왔다. 세인의 새엄마였다.

— 당신, 지금 어디에 있어요? 내 말 잘 들어요. 지금 벌

어지고 있는 시위에 무장 순찰대를 투입해서는 절대 안 돼요. 어떻게든 막아요. 평의회 쪽에서 요구해도 막아야 해요! 그래야 우리가 살아요.

"뭐……?"

그의 낯빛이 창백해지며 당황하는 기색이 보였다. 통화를 시도했지만 연결이 되지 않고 바이오 워치에 붉은빛이 돌았다. 상대편에서 통화를 거부한다는 뜻이었다. 몇 번을 시도해도 마찬가지였다. 그는 체념한 듯 어깨를 늘어뜨린 채 중얼거렸다.

"너희들 도대체 뭐야, 무슨 짓을 한 거야!"

네오 호크는 윗주머니에서 손바닥만 한 태블릿을 꺼내 류지호에게 던졌다. 태블릿에서는 뉴스가 나오고 있었다.

"……다시 한번 정리해 드립니다. 동맹시 평의회 11인 특별위원회는 시위에 나선 시민들의 의견을 받아들여, 제3 거류지의 제2 동맹시 건설 계획을 보류하기로 했습니다. 또한 무분별한 의료용 클론 사용을 제한하기로 하였으며, 현재 생존 중인 모든 클론의 생명권을 인정해 동맹시 내 의료 센터 두 곳을 클론에게 개방하기로 했습니다. 특별위원회가 이와 같은 결정을 내리게 된 배경에는 개혁파로 알려진 소수의 평의회 위원들의 의견을 적극적으로 받아들인 나경민 부위원장의 역할이 컸다고 합니다."

뉴스의 내용은 충격적이었다.

"이 새끼들 무슨 일을 벌인 거지? 네놈들이 감히!"

류지호는 버럭 소리를 질렀다. 화가 나서 어쩔 줄 모르는 표정이었다. 네오 호크는 무심하게 태블릿을 향해 고개를 까닥였다. 더 들어 보라는 뜻 같았다.

"류지호 안보국장은 이런 평의회의 결정에 부응하고자, 앞으로 동맹시를 비롯해 위성지구, 제3 거류지의 평화와 안보를 수호하는 데 힘쓰겠다고 발표했습니다. 아울러 이 시간 이후, 동맹시와 제3 거류지의 통행이 자유로워집니다. 또한 보안국은 지금까지 클론을 모집하여 불법적으로 게임에 이용한 관련 업자 일곱 명에 대해 긴급 수배령을 내렸습니다. 특히 일명 '고스트'라는 이름으로 알려진 게임의 주모자를 특급 살인 교사 및 방조 혐의로……."

"크흐흐흐흐!"

뉴스를 듣고 난 류지호는 어이없다는 듯 웃으며 고개를 절레절레 저었다. 그러다 다시 인상을 잔뜩 찌푸리며 정색하고는 혼잣말하듯 물었다.

"이걸 내가 했다고? 대체 내 아내에게 무슨 짓을 한 거지? 어떻게 아내가 나한테 이런 일을……."

"……."

"그래서 너희 같은 쓰레기들이 동맹시에 들어와 살기라도 하겠다는 건가? 그들이 가만있을 것 같아?"

류지호는 소리를 높였고, 네오 호크는 그저 보고만 있었다. 저러다가 제풀에 포기하고 잠잠해질 것이라 믿는 모양이었다. 나도 마음속으로 간절히 말했다.

'이제 그만하세요, 제발!'

내 바람이 통했던 걸까. 류지호는 허탈한 듯 고개를 떨구었다. 아빠라고 불렀던 때의 정이 남아서일까. 그런 그의 모습이 왠지 안쓰러워 보였다. 나는 가벼운 한숨을 내쉬었다. 그런데 그가 갑자기 고개를 들더니 태블릿을 네오 호크를 향해 던졌다.

태블릿은 네오 호크의 목으로 정확히 날아들었다. 충격에 네오 호크는 순간적으로 뒤로 물러났다. 류지호는 재빨리 몸을 날려 저편에 떨어져 있던 자신의 총을 집어 들고 한 발 쏘았다.

탕!

총소리와 함께 네오 호크가 쓰러졌다. 그리고 다음 순간, 류지호의 총구가 나를 향했다. 나는 옆쪽, 반쯤 허물어진 벽 뒤로 몸을 날렸다. 총소리가 다시 울렸고, 내가 숨은 벽이 잠깐 흔들렸다. 이후로 총소리가 나지 않아 나는 벽 너머로 고개를 살짝 내밀었다.

"가까이 오지 마!"

류지호가 한 팔로는 네오 호크의 목을 감고, 그를 방패막이 삼은 채 나를 향해 총을 겨누고 있었다. 비로소 나는 네오 호크가 내민 총을 거절한 것이 후회되었다. 나는 어떻게 해야 할지 잠시 고민했다. 그런 중에도 바닥에 떨어진 태블릿에서는 뉴스가 멈추지 않았다.

"……이러한 동맹시 평의회의 결정은 나경민 부위원장의 선제적 조치에 힘입은 바가 큰데요, 부위원장은 한 방송사와의 인터뷰에서 '이 모든 조치는 평화와 공존의 가치를 실현하려는 동맹시의 위상과 맞물리는 것'이라고 말했습니다. 말씀드리는 중, 현재 제3 거류지 주민들이 기쁨을 감추지 못하고 남문을 통해 동맹시로 대거 몰려들고 있다고 합니다. 또한 동맹시 동서남북의 검문 시스템을 오늘 이 시간부로 파기하겠다는 발표가 나왔습니다.”

“헛소리하지 말라고! 다 거짓말이야!”

류지호는 신경질적으로 태블릿을 밟아 망가뜨렸다. 그리고 화풀이하듯이 네오 호크의 머리를 붙잡고 관자놀이에 총을 들이댔다.

“죽여 버릴 거야. 이 새끼! 네놈이 리더지?”

바로 그때였다.

“안 돼요!”

한마디 외침이 들렸다. 나는 몹시 놀랐다.

‘……세인!’

세인이 여기에 어떻게 온 것일까? 세인의 뒤편에는 두 명의 어게인스터가 있었다. 그중 하나는 세인의 머리에 총을 겨누고, 다른 하나는 류지호를 향해 총구를 겨눈 채 천천히 다가오고 있었다.

류지호는 총구를 네오 호크의 머리통에 댄 채 머뭇거렸다.

“뒤로 물러나!”

세인의 목을 감아쥔 어게인스터가 소리쳤다. 그는 총구를 세인의 머리에 더 바짝 들이댔다. 하지만 류지호는 좀처럼 움직이지 않았다.

"어서!"

어게인스터가 한 번 더 소리쳤다. 하지만 류지호는 총을 쥔 손을 부르르 떨 뿐 반응을 보이지 않았다. 그러더니 이내 네오 호크의 머리를 더 바짝 움켜쥐고는 외쳤다.

"쏴! 어서 쏘라고! 너희들이 할 수 있을 것 같아? 물론 할 수도 있겠지. 그럼 사람들이 뭐라고 할까? 나야 그렇다 치고, 아무런 죄 없는 아이를 죽였다고 소문이 나면?"

"아, 아빠!"

"어때, 못 하지? 그게 너희들의 한계야. 하지만 난 달라. 평화와 공존의 가치? 그건 네놈들처럼 나약한 것들이 살아 보겠다고 발버둥 치는 수작이지. 네놈들이 어떻게 부위원장을 협박했는지 몰라도 나한테는 안 돼. 내가 어떻게 여기까지 왔는데!"

어게인스터들은 약점을 들킨 것처럼 굳었다.

"아빠, 안 돼요. 그만하세요. 다 끝났어요. 집으로 돌아가요!"

"자, 어서 아이 머리통에 총구멍을 내 봐. 플라스틱 합성탄이라도 그렇게 가까이에서 쏘면 두개골쯤은 뚫을 수 있을걸? 뭐 하고 있어!"

세인의 만류에 류지호는 도리어 이죽거리며 재촉했다. 어게인스터들은 그 자리에서 꼼짝도 하지 못하고 머뭇거리기만 했다.

"내가 먼저 해 볼까? 이 새끼의 머리통에 구멍을 낼 테니까. 나든 아이든 쏴 보라고!"

더는 숨어 있을 수 없었다. 나는 단숨에 세인에게 달려갔다. 세인을 붙잡고 있는 어게인스터를 밀치면서 동시에 그의 다리에 꽂혀 있던 단검을 빼 들었다. 그 칼로 세인의 목을 겨누고 끌어당겼다. 나는 당황하는 세인을 난간 끝까지 끌고 간 뒤 말했다.

"그럴까요?"

세인의 뒷덜미를 붙잡고, 난간 끝에 아슬아슬하게 세웠다. 일순간에 모두의 시선이 내게로 향했다. 나는 오로지 류지호만 쳐다보았다.

"여기에 있는 다른 사람들은 못 하겠죠. 하지만 나는 다를걸요. 자, 보세요."

나는 복면을 벗고, 류지호가 잘 볼 수 있도록 그를 향해 얼굴을 쳐들었다. 순간, 류지호가 눈을 가늘게 뜨고 이쪽을 쳐다보았다. 나를 알아보지 못하는 것 같았다. 시커멓게 죽은 내 한쪽 얼굴은 짐승에게 뜯어 먹힌 것처럼 엉망이었으니까.

"나를 모르겠어요? 당신이 나를 만들었잖아요. 나는 내가 패티 티슈인 줄도 모르고 당신을 아빠라고 불렀죠. 그때마다 당신은 구역질했겠죠. 부위원장님도 그랬으니까요."

"뭐라고?"

"당신이 내 얼굴을 이렇게 만들었죠. 당신한테 복수할 수 없다면 당신 아들에게 복수할 거예요. 내가 못 할 것 같아요? 어차피 나는 당신들처럼 인간도 아니고, 그저 패티 티슈일 뿐이에요. 이제 인간인 척 사는 것도 지긋지긋해."

"너, 이 새끼……."

류지호는 놀란 듯 말끝을 흐렸다. 세인도 당황했는지 무슨 말을 하려는 듯했지만, 나는 듣지 않고 말했다.

"해 볼까요? 당신이 먼저 하지 않으면, 나부터 하죠."

나는 세인을 난간 밖으로 밀었다. 난간 끝에 흩어져 있던 벽돌 부스러기가 아래로 후드득 떨어졌다.

떠나는 자의 약속

'미안해!'

나는 속으로 여러 번 외쳤다. 차마 세인의 얼굴을 쳐다
볼 수가 없어서, 오로지 류지호만 바라보았다. 속으로 그
에게 간절하게 말했다.

'제발 내가 나쁜 선택을 하지 않게 해 주세요. 제발요!'

한동안 류지호는 아무 말도 하지 않았다. 하지만 여전
히 총구는 네오 호크의 머리를 겨누고 있었고, 물러날 기
미를 보이지 않았다. 나는 한 걸음 더 난간 쪽으로 갔다.
"내가 왜 이 칼을 들고 있는지 아세요? 이걸로 세인을 찌
를 거라 생각하세요? 아니요."

나는 세인을 끌어안은 채, 칼끝으로 내 뒷머리를 겨냥했다.

"휴먼 AI 3세대의 특징 중 하나가 뭔지 아세요? 메인 CPU가 외부의 물리적 충격을 받으면 스스로 폭발한다는 거예요. 당신과 같은 인간들, 참으로 잔인해요. 자기들 필요에 의해서 만들었으면서 위험할 때 자신의 잘못을 감추기 위해서 이런 비겁한 짓을 해 놨어요. 불법적으로 사용한 흔적을 없애기 위해서겠죠."

"뭐라는 거야?"

"몰랐어요? 하긴 전자 제품의 원리를 속속들이 알고 있을 필요는 없죠. 그런데 제가 폭발하면 세인은 어떻게 될까요? 살점 하나 남지 않을걸요. 그러면 당신은 두 번 다시 클론조차 만들지 못하게 되겠죠. 제가 무슨 짓을 하려는지 이제 알겠죠?"

물론 급조한 거짓말이었다. 나도 내가 무슨 말을 하고 있는지 잘 몰랐다. 하지만 류지호가 믿길 바랐다. 나는 눈을 부릅떴다. 거짓말인 티가 나지 않으려면 의연해야 했다.

"이 새끼, 멈추지 못해!"

류지호가 소리쳤다. 그러더니 들고 있던 총을 내려놓

고, 네오 호크로부터 물러났다. 나는 티가 나지 않도록 안
도의 숨을 내쉬었다. 류지호가 내 말을 믿는 것 같았다. 나
는 천천히 세인을 난간 안으로 끌어당겼다. 그러면서 그
의 귓가에 대고 중얼거렸다

"미안해."

그러나 그 말을 듣지 못한 듯, 세인은 서둘러 내게서 벗
어나 달려나갔다. 그리고 류지호를 끌어안았다. 어게인
스터들은 류지호의 총을 거둬들이고는 무장 해제시켰다.
쓰러져 있던 네오 호크도 일으켜 세웠다. 다행히 심각한
부상은 아닌 듯했다. 정신을 차린 네오 호크는 어디론가
연락을 취하고는 어게인스터들에게 지시했다.

"30분만 더 억류해."

느리고 지루한 30분이었다. 나는 난간 가까이에 앉아
멍하니 바깥을 쳐다보았다. 흐린 하늘과 폐쇄 구역의 흉
흉한 건물들이 눈에 들어왔다.

"이런다고 세상이 바뀌지 않아. 동맹시는 너희들이 생
각하는 것처럼 만만한 곳이 아니라고."

"당신이 무슨 말을 하고 싶은지 알아. 하지만 우리도 멈

추지 않아. 이건 시작일 뿐이야.”

“지금은 너희들이 어떻게 부위원장을 협박했는지, 배후에 누가 있는지 알 수 없지만, 곧 끝나. 동맹시는 다시 원래대로 돌아간다.”

“그럴 수도 있겠지. 하지만 우린 다시 일어날 거야.”

등 뒤로 류지호와 네오 호크의 이야기가 계속 들려왔다. 신경 쓰지 않으려 해도 둘의 날 선 대화가 귓속으로 파고들었다. 와중에도 내 신경은 온통 세인에게 가 있었다. 어떻게 여기까지 왔는지, 어쩌다가 어게인스터의 인질이 되었는지 궁금했다. 무엇보다 이 엄청난 일의 배후에 마더가 있다는 것은 알고 있는지 묻고 싶었다.

하지만 나는 고개를 저었다. 이런 상황에서 그런 생각을 하는 자신이 우스웠다. 마치 가족을 염려하는 듯한 마음 같아서 헛웃음마저 나왔다. 내가 저 두 사람으로부터 비롯된 것은 맞지만, 이제는 상관없는 사이였다.

‘한낱 클론인 내가 원체를 걱정하다니······.’

아빠, 아니 류지호는 나를 볼 때면 늘 구역질이 난다는 얼굴이었다. 조금이라도 애정이 있을 리 없었다. 그건 그가 나에게 총구를 겨누는 순간 확인한 것이기도 했다.

'심지어 류지호는 그때 나를 완전히 제거하지 못한 것을 후회하고 있을 텐데.'

세인도 크게 다르지 않을 것 같았다.

'내심 꺼림칙할 거야.'

나는 그렇게 단정 지었다. 어쩌면 세인은 화상 때문에 내가 전혀 다른 얼굴이 되어 버린 것을 다행이라고 생각할 것이다. 나는 쓰게 웃으며 먹구름으로 가려진 하늘을 쳐다보았다. 생각을 멈추자 다시 네오 호크와 류지호의 대화가 들려왔다.

"그래서 너희 목적이 뭐지? 우리와 함께 살겠다고? 아니면 동맹시를 차지하기라도 하겠다는 건가? 너희들이 동맹시를 건설하는 데 무슨 기여를 했지? 너희는 지금 약탈을 하는 중이야!"

"우리는 당신들이 우리로부터 약탈한 것을 되찾으려는 것뿐입니다."

"우리가 너희들을 약탈했다고?"

"그래요! 자유롭게 생명을 누리고 살아갈 권리를……."

"그걸 왜 이런 식으로 찾지? 나처럼 노력해서 얻어. 내 머리에 총구를 겨누지 말고. 한숨도 자지 말고 공부하고 또 공부해서 얻으라고!"

"무고한 사람을 죽이고, 당신을 사랑했던 사람들을 배신한 것도 노력인가요?"

"이 새끼들이!"

류지호는 이 상황을 견뎌 내기 힘든 듯 주먹을 쥐고 어쩔 줄 몰라 했다.

그때, 네오 호크가 손을 내저었다.

"됐습니다. 억류는 끝났으니 이제 돌아가세요."

"잘 들어. 너희들은 나를 돌려보낸 걸 반드시 후회하게 될 거야. 그리고 기억해. 동맹시는 너희들 따위가 아무리 날뛰어 봐야 쉽게 무너지지 않아. 동맹시를 둘러싼 벽을 본 적 있을 테지. 그게 바로 동맹시야. 끔찍하게 견고하지. 그러니 너희는 나를 마주치지 않도록 조심해. 그때는 너희가 살아 있는 동안 마지막으로 보는 얼굴이 내가 될 테니까."

류지호는 세인을 이끌고 당당히 걸어 나갔다. 세인이 잠깐 나를 쳐다봤고, 우리는 시선이 부딪쳤다. 하지만 그것이 전부였다. 세인은 곧 류지호와 함께 문 너머로 사라졌고, 잠시 후에는 그들의 발소리조차 들리지 않았다.

"이제 다 끝난 건가요?"

나는 들끓는 속을 가라앉히려 물었다.

"글쎄, 어쨌든 마더가 계획했던 건⋯⋯."

네오 호크는 고개를 끄덕이면서도 뒷말을 흐렸다. 그의 표정이 밝지만은 않은 것이 마음에 걸렸다.

"아직 해결되지 않은 문제가 있나요?"

"그건 아무도 알 수 없어. 오늘이 지나고 내일이 오기 전에는 말이야."

"그게 무슨 말이죠?"

"동맹시가 시위대의 요구 조건을 들어준 것은 X파일의 힘일 거야. 아마 부위원장은 자신을 지키기 위해서 사력을 다해 평의회 위원들을 설득했을 테지."

"그런데요?"

"그래도 오늘 발표된 조치에 반대하는 세력이 적지 않을걸? 안보국장도 그걸 믿고 큰소리치는 것이고."

무슨 말인지 대강은 알 것 같았다.

"그런데 너는 어떻게 그런 거짓말을 할 생각을 했지?"

정말로 어떻게 그런 당돌한 생각을 했던 것일까. 오히려 자신에게 묻고 싶었다.

244

"아니, 그보다 정말로 그 애를 안고 뛰어내릴 생각이었던 거야?"

내가 정말 그럴 수 있었을까? 되물어본 나는 고개를 저었다. 그러자 네오 호크는 내 어깨를 두드리고 곧 일행을 향해 철수 명령을 내렸다.

복도 끝의 계단 몇 개를 내려섰을 때였다. 어디선가 비명이 들려왔다. 우리는 자세를 낮추었다. 그리고 앞뒤를 살피고, 허물어진 창밖을 내다보았다. 곧바로 총소리까지 났다.

'도대체 무슨 일이지.'

그사이 비명이 한 번 더 들렸고, 나는 그 목소리의 주인이 누구인지 알아챘다.

'세인이야.'

나도 모르게 벌떡 일어났다. 네오 호크가 앞서 계단을 달려 내려갔고 나는 재빨리 뒤를 따랐다.

총소리가 난 곳은 건물 뒤편이었다. 상점과 주택가가 뒤섞인 거리를 달렸다. 골목을 몇 개 돌았고, 부서진 담을 타 넘었다. 갑자기 네오 호크가 3층 건물의 옥상까지 급히 뛰어올랐다. 건물이 무너지는 소리와 괴성이 한데 뒤

섞여 들려왔다. 옥상 난간에 오르자 길거리가 훤히 내려다보였다.

거기에 세인과 류지호, 그리고 함께 저격수 게임에 참가했던 2261번 게이머가 있었다. 그들을 향해 누군가가 달려들고 있었다. 틀림없이 슈퍼 클론이었다. 총을 맞은 듯한데도 슈퍼 클론은 거침없이 2261번 게이머를 밀쳐서 쓰러뜨렸다. 그 틈에 류지호와 세인이 골목 안으로 뛰어갔다.

"무슨 일이죠? 게임이 끝난 거 아니었어요?"

"이건 게임이 아니야. 누군가 다른 목적으로 슈퍼 클론을 조종하고 있어."

"사람을 죽이기라도 하겠다는 거예요? 누가요?"

떨리는 목소리로 물었지만 네오 호크는 대답하지 않았다. 나는 난간 위로 올라섰다. 그리고 재빨리 옆 건물 외벽의 부서진 계단으로 몸을 날린 후 아래를 향해 달렸다.

"뭐 하는 거야? 돌아와! 너까지 위험해져!"

뒤쪽에서 네오 호크가 소리쳤지만 멈추지 않았다.

'내가 지금 뭐 하는 거야, 어쩌려고 이러는 거지?'

그런 생각들이 머릿속을 스쳤지만 더 빠르게 달렸다.

골목에 서서 방향을 가늠했다. 허물어진 벽을 타 넘고 악취가 풍기는 쓰레기 더미를 지나자 마침내 슈퍼 클론의 뒷모습이 보였고, 그 너머로 세인과 류지호가 달아나고 있었다.

슈퍼 클론의 손이 거의 세인의 뒷덜미에 닿을 기세라 나는 부서진 벽돌을 집어 들어 힘껏 던졌다. 벽돌은 바람 소리를 내며 날아가 슈퍼 클론의 오른쪽 어깨를 때렸다. 클론은 충격으로 휘청거리다 벽 쪽으로 넘어졌다. 덕분에 세인과 슈퍼 클론의 거리가 조금이나마 벌어졌다.

하지만 슈퍼 클론은 다시 일어났다. 얼굴이 피로 얼룩져 있었지만 그대로 다시 세인을 쫓았다. 다른 것에는 관심이 없는 것처럼 보였다.

슈퍼 클론은 다시 세인을 따라잡았고, 나는 길가에서 어른 키만 한 쇠막대를 집어 들고 뛰었다. 붉은 녹이 잔뜩 슬어 있는 쇠막대를 두 손으로 꽉 쥔 채 등을 후려쳤다. 쇠막대가 부러지면서 슈퍼 클론은 옆으로 밀려났다. 그러나 다시 몸을 추스르고 또 세인 쪽으로 달려들었다.

"끈질긴 놈……."

아무리 공격해도 슈퍼 클론은 나를 쳐다보지도 않았

다. 하지만 다시 몸을 날려 등 뒤에서 덮쳤다. 그리고 함께 바닥을 나뒹굴었다. 슈퍼 클론은 나를 거칠게 뿌리칠 뿐 제대로 상대하지 않았지만, 그 힘을 이기지 못하고 허공에 내동댕이쳐졌다. 기울어진 벽에 처박히면서 벽이 내 몸 위로 무너져내렸다.

"으……!"

나는 엄청난 통증에 신음했다. 하지만 몸을 움직일 수 있게 되자 얼른 얼굴 쪽에 쏟아진 벽돌을 걷어 냈다. 슈퍼 클론은 다시 세인과 류지호에게 다가가고 있었다. 따라 일어나려 했지만, 먼저 몸을 덮친 벽돌 무더기를 치워야 했다.

"왜 나만 쫓아오는 거지? 이 더러운 패티 티슈!"

벽에 기댄 채 주저앉은 류지호가 울부짖었다. 슈퍼 클론은 당장이라도 류지호를 덮칠 기세로 한 걸음씩 나아갔다. 세인이 달려들어 앞을 가로막았지만, 팔을 휘둘러 저편으로 밀쳐 버렸다. 그때 나는 비로소 슈퍼 클론이 누구를 노리는지 알아챘다.

"저리 가! 이미 게임도 끝났단 말이다. 고스트, 대체 무슨 짓을 하는 거냐!"

류지호가 한 번 더 소리를 질렀다. 그러면서 바닥에 널브러져 있던 돌 조각을 연거푸 집어 던졌다. 슈퍼 클론이 움직임을 멈췄고, 이내 어떤 목소리가 들렸다.

"왜 그런지 몰라서 묻나. 당신이 어떻게 나한테 그럴 수 있지?"

나는 깜짝 놀랐다. 슈퍼 클론이 말을 하고 있었다. 나는 필사적으로 벽돌 잔해를 헤쳤다.

"당신은 나를 지켜 줘야지. 그런데 나를 살인 교사범으로 몰아? 당신이 언제부터 패티 티슈들을 그리 아꼈지? 로즈 게임 사업은 당신이 먼저 내게 제안한 거야. 로즈 게임이라는 이름도 당신이 지은 거고, 이 게임을 통해서 번 돈 절반도 당신이 가져갔잖아. 그런데 이제 나를 범죄자 취급하고 잡아들이겠다고?"

슈퍼 클론에게서 나오는 목소리가 귀에 익었다. 닥터 솔로몬과 다투듯 이야기를 나누던, 화면 속 검은 그림자가 내던 바로 그 목소리였다.

'그런데 어떻게?'

도무지 이 상황을 이해할 수가 없었다. 슈퍼 클론이 고스트일 리는 없으니까.

"아니야, 그런 게 아니라고! 내가 그런 게 아니란 말이야. 나를 동맹시로 돌아가게 해 줘. 모든 걸 돌려놓을 테니까, 제발!"

"이젠 늦었어. 네가 보낸 무장 순찰대 요원들이 내 사람들을 다 체포하고 연구실을 쑥대밭으로 만들었거든."

슈퍼 클론은 류지호에게 한 걸음 더 다가갔다.

"안 돼!"

나도 모르게 소리치며 일어났다. 그런데 그때, 총소리가 연달아 들리고 슈퍼 클론이 휘청거리다 쓰러졌다. 그리고 네오 호크가 내 어깨에 손을 올렸다.

"어서 일어나. 빨리 빠져나가야 해."

그는 나를 붙잡아 일으켜 세웠다.

"어떻게 된 일이에요? 저 목소리는 틀림없이 고스트의 목소리였어요."

"고스트가 슈퍼 클론을 원격 조종하면서 말하고 있는 거야. 그보다 저 괴물 녀석은 금세 다시 일어날 거야."

"그럼……"

"슈퍼 클론은 조종하는 사람을 제거하기 전에는 멈추지 않아. 겪어 봐서 알잖아. 조종 센터가 가까운 곳에 있어서 그리로 사람을 보냈어."

나는 이해하고 고개를 끄덕였다. 하지만 걸음이 떼어지지 않았다. 차마 세인을 이대로 두고 갈 수가 없었다. 하지만 네오 호크는 다시 내 팔목을 끌어당겼다.

슈퍼 클론은 다시 일어나 류지호를 향해 걸어갔다. 붉어진 눈을 똑바로 뜨고서. 그 모습을 보는 순간, 심장이 툭 떨어지는 것 같았다. 동시에 온 신경이 날카로워졌다.

슈퍼 클론은 바로 은별이었다. 그러나 얼굴이 달랐다. 아니, 달라 보일 만큼 엉망이었다. 한쪽 눈 언저리가 찢어지고 뺨에는 굵은 상처가 나 있었다. 서툴게 상처를 꿰매고 살점을 덧붙인 흔적이 보였다. 그 때문에 한 번에 알아보지 못한 거였다.

"은별아!"

소리치며 그쪽으로 한 걸음 내디뎠다. 하지만 네오 호크가 더 강하게 내 팔목을 붙들었다.

"은별이에요. 은별이라고요!"

"알아! 하지만 지금은 은별이 아니라 슈퍼 클론이야. 그렇게 달려들었다간 위험하다고!"

"이거 놔요!"

나는 거칠게 네오 호크를 뿌리치고 은별을 향해서 달려갔다.

"은별!"

은별의 앞을 막아서며 소리쳐 이름을 불렀다. 그러자 은별도 우뚝 제자리에 멈췄다. 얼굴이 엉망이었다. 온통 긁힌 상처에, 왼쪽 뺨은 피로 얼룩져 있었다. 그 때문인지 붉은 눈이 더욱 붉게 보였다. 왼팔은 너덜거리며 겨우 붙어 있을 뿐이었고, 오른쪽 어깨는 탄환을 맞아 피로 물들어 있었다.

"은별아, 나야!"

나는 간절하게 말했다. 하지만 은별은 잠깐 멈칫하는 듯하더니 나를 밀어냈다.

"나 모르겠어?"

아무리 호소해도 소용없었다. 붉은 눈으로 나를 한 번 쏘아본 은별은 나를 무시하고 지나갔다. 절뚝거리며 달아나는 류지호를 잡기 위해서였다.

나는 다시 은별의 오른쪽 팔을 붙잡았다. 하지만 은별이 나를 밀쳐 내 다시 바닥에 내동댕이쳐졌다. 고통을 참고 다시 일어났지만 네오 호크가 날 붙잡았다.

"제발 멈춰. 너까지 고스트의 표적이 될 수 있단 말이야!"

"그럴 순 없어요!"

"세븐틴, 우리는 네가 필요해. 너까지 여기서 잃을 수는 없어."

그 말에 나는 네오 호크를 빤히 쳐다보았다. 그때, 귓속의 이어셋에서 조안의 긴급한 목소리가 들려왔다.

"세븐틴은 반드시 무사히 돌아와야 해요. 네오 호크, 어서 세븐틴을 데리고 복귀하세요."

나는 발끈해서 조안에게 반박했다.

"지금 은별을 만났어요. 그 애를 구해야 해요!"

"세븐틴? 거기 있으면 위험해. 마더의 명령이야. 어서 귀환해!"

"무슨 말이에요? 방금 제 말 못 들었어요?"

"은별은 포기해. 어쩔 수 없어."

"조안, 지금 제정신이에요? 은별을 포기하라고요? 그게 말이 돼요?"

"지금은 네가 더 중요해. 네가 없으면 안 돼."

"알아듣게 말해요. 무슨 말이에요?"

나는 조안의 말을 이해할 수 없어 재촉했다. 이어셋에서는 한동안 지직거리는 잡음만이 들려왔다. 나는 침을 꿀꺽 삼켰다.

"우리는 여러 경로를 거쳐서 타깃 클론을 찾아내는 데 성공했어. 네 몸에…… 카멜레온이 들어 있어. 네가 타깃 클론이었어."

"뭐라고요?"

온몸이 떨리면서 기운이 쭉 빠졌다. 누군가 뒤통수를 세게 때린 것처럼 정신이 멍해졌다.

처음에 나도 타깃 클론 중 하나라는 말을 들었을 때부터, 마음 한구석이 꺼림칙했다. 그런데 정말 나라니?

이상한 느낌은 있었다. 다른 휴먼 AI에 비해 내가 유독 상처 회복 속도가 빠르다고 했고, 쉐도우 터널에서 정보를 수집하는 능력도 남다르다고 했다.

'닥터 솔로몬도 나를 의심했었지. 그럼 조안이 나를 게임에 내보낸 것이 나를 의심해서 확인하기 위해서였나?'

그 모든 징후가 나에게 카멜레온이 있다는 의미였구나 싶어 허탈했다.

"세븐틴, 내 말 듣고 있어? 그러니까 얼른 돌아와."

조안의 말에 그제야 정신이 들었다.

"나만 돌아갈 수 없어요. 은별도 데려갈게요. 고쳐 주실 거죠? 데려가면 원래대로 돌려놓을 수 있죠?"

나는 다급하게 말했다. 제발 그렇다고 대답하기를 바라면서.

"아니, 아직은 불가능해. 닥터 솔로몬에게 기대했지만 지금 실종 상태야. 우리가 그를 찾고 있어. 찾아낼 거야, 반드시!"

조안은 뒷말에 힘을 주었다. 하지만 나는 말을 듣다가 말고 뛰쳐나갔다. 네오 호크를 뿌리치고 달리는 동안 은별을 살려야 한다는 생각뿐이었다.

류지호를 쫓아 은별이 들어간 골목으로 향했다. 그런데 골목 모퉁이를 채 돌기 전, 끔찍한 비명이 들렸다.

"끄어어어억!"

모퉁이를 돌자 그 앞에는 끔찍한 광경이 펼쳐져 있었다. 쓰러진 세인의 옆에서 은별이 류지호의 목을 조르고 있었다.

"안 돼!"

나는 몸을 날려 있는 힘껏 은별을 밀었다. 은별이 저편으로 나가떨어졌지만 사지를 꿈틀거리더니 곧 일어났다. 다시 이쪽을 향해 한 걸음 다가왔다.

바로 그때 총소리가 두 번 연이어 났다.

탕, 탕!

은별이 앞으로 맥없이 푹 쓰러졌다. 탄환이 머리에 박힌 것 같았다.

은별의 뒤에서 2261번 게이머가 나타났다. 그는 쓰러진 은별을 향해 계속 방아쇠를 당겼지만 탄환은 더 이상 나오지 않았다.

나는 달려가 게이머를 밀쳤다.

"은별, 은별아!"

나는 소리쳤다. 하지만 은별은 더 이상 움직이지 않았다. 세차게 몸을 흔들어 봐도 꼼짝도 하지 않았다.

"아아아아!"

나는 소리를 지르며 발을 굴렀다. 뒤를 쫓아온 네오 호크와 어게인스터 둘이 나를 끌어당겼다. 동시에 조안의 목소리가 다시 들려왔다.

"세븐틴, 무사한 거야? 아무 일 없는 거지?"

그 말에 나는 화가 치밀었다.

"그만해요! 지금 은별이가 내 눈앞에서 죽었다고요. 그런데도 당신은 오로지 카멜레온 생각뿐인가요? 그게 그렇게 중요해요?"

"말했잖아. 그게 없으면 수많은 은별이가 죽는다고!"

나는 더 참을 수가 없었다. 조안은 이 와중에도 조금의 주저함 없이 말했다.

"당신, 미쳤어요. 아무리 그래도 어떻게……."

나는 도저히 견딜 수가 없어 도리질을 쳤다. 어게인스터 둘이 체포라도 하듯 양쪽에서 나를 붙잡았다. 나는 거칠게 몸부림쳤다.

"내 몸에 손대지 말아요. 내 몸속에 무엇이 들었건, 그건 당신들 것이 아니에요. 한 번만 더 손대면 무슨 짓을 할지 몰라요."

나는 악에 받쳐 소리쳤다. 그러자 네오 호크가 내 옆으로 바짝 다가오더니, 내 머리에 총을 겨누었다.

"미안하다. 나는 어떤 식으로든 너를 데려가야 해."

"네오 호크! 어떻게 당신이……."

나는 배신감에 몸을 떨었지만, 그는 단호했다.

나는 어게인스터들의 손에 이끌려 뒤로 물러났다. 옆

에서 세인과 류지호가 나를 쳐다보고 있었다. 류지호는 여전히 나를 향해 분노의 눈빛을 보냈다. 나는 그의 옆에 있는 세인을 바라보았다. 떠오르는 말을 눈빛에 담아 보냈다.

'우리가 다시는 만날 일이 없기를 바랄게.'

큰길 쪽으로 조금 더 걸었을 때, 오래된 미니버스가 한 대 다가왔다. 나는 어게인스터들이 하라는 대로 그 버스에 올라탔다.

미니버스는 곧 달리기 시작했다. 나는 좌석에 깊숙이 몸을 기댄 채 몸을 웅크렸다. 무서워서 몸이 떨렸다. 부서지고 피투성이가 된 은별의 얼굴이 눈앞에 보이는 듯했다.

"모든 상황 종료되었습니다. 휴먼 AI 3-21 외 휴먼 AI의 메인 CPU 세 개를 회수했습니다. 고스트의 위치는 확인되지 않았습니다. 귀환에는 두 시간 정도가 소요될 예정입니다."

앞자리 쪽에서 어게인스터의 무전 내용이 들렸다. 나는 창밖으로 시선을 고정한 채 연신 심호흡을 했다.

창밖으로 황량한 폐쇄 구역의 모습이 획획 지나갔다. 버려진 집과 도로, 여기저기 쌓여 있는 쓰레기와 아무렇게나 자란 잡초들, 아무도 살지 않는 죽음의 도시 그 자체였다.

'나는 살아남을 수 있을까?'

그때, 통로 건너 옆좌석에 앉아 있던 네오 호크가 뭔가를 내밀었다. 은별의 인식표였다. 나는 그것을 받아 꼭 움켜쥐었다. 손이 자꾸만 떨렸다. 울음이 터질 것 같아 이를 악물었다. 네오 호크는 또 작은 태블릿을 하나 내밀었다.

"뭐죠?"

"아까 은별의 메인 CPU를 회수했어. CPU 자체 메모리에 너에게 남긴 음성 메시지가 있었어. 너와 함께 7-큐브에 들어갔다가 붙잡힌 날 녹음한 것 같아."

나는 태블릿에 담긴 음성을 재생했다.

— 형, 나 돌아갈 수 있을까. 무서워, 그렇지만 참아 볼게. 형이 꼭 데리러 와. 그래도 혹시 내게 무슨 일이 생기면······. 그럴 리는 없겠지만 혹시라도 그렇게 되면, 어떻게든 형 옆에 있게 해 줘. 혼자는 쓸쓸하잖아. 아, 녹두 누나랑 같이 있게 해 줘도 좋아. 나 없다고 기운 빠지거나 하지 말고요. 헤헤······.

목소리가 불안정했다. 높낮이도 일정하지 않고, 잘 들

리지 않는 부분도 있었다. 도저히 제정신으로 들을 수가 없었다. 나를 세인 형이라고 부르는 목소리에 형언할 수 없는 감정이 복받쳤다. 나중에 진짜 세인의 돌에 머리를 맞게 되리라고 은별은 상상이나 했을까.

"으으, 윽······."

소리를 지르고 싶은 것을 겨우 참으며, 앞 좌석 등받이를 주먹으로 여러 번 내리쳤다. 나는 태블릿을 내려놓고 눈을 감았다. 얼굴이 뜨거워졌다. 계속 눈물이 흘렀다.

얼마나 시간이 지났을까. 앞쪽에서 다시 무전을 치는 어게인스터들의 목소리가 들렸다.

"도착 20분 전입니다."

그 소리에 눈을 떴다. 창밖이 어둑해지고 있었다. 차창 저편으로 롯 타워가 보였다. 거대한 요새처럼 보이는 방파제도 눈에 들어왔다.

"세븐틴."

네오 호크가 나를 불렀다. 나는 고개를 그를 쳐다보았다.

"무슨 말을 더 하고 싶은 거죠?"

"네게 기회를 줄게."

"그게 무슨 말이죠?"

"말 그대로야. 이대로 가면 조안이 네 몸에서 카멜레온을 꺼낼 거야."

"어쩌면 다시는 깨어나지 못할 수도 있다, 그 말을 하고 싶은 건가요?"

"맞아. 카멜레온도 중요하지만 네 생명도 중요해. 지금까지 우리는 생명 하나하나를 위해서 싸웠는데, 너에게 희생을 강요할 수는 없어."

그의 말에 나는 혼란스러워졌다.

"무슨 말인지 알아듣게 설명해 주세요."

네오 호크는 대답 대신 운전석을 향해 신호를 보냈다. 그러자 버스가 멈췄다.

네오 호크는 버스에서 내렸다. 나도 따라 내렸다. 우리는 저물어 가는 해를 바라보며 나란히 섰다.

"마지막 기회야. 해가 지는 쪽으로 한 시간 정도만 가면, 제5 위성지구 쪽으로 가는 버스를 탈 수 있어."

그제야 나는 네오 호크의 말을 알아들 수 있었다.

"나를 놓아준다는 소리군요. 왜 아까와 태도가 다르죠?"

"그때는 조안이 듣고 있었으니까. 마더와 다른 반시연

대 사람들도."

네오 호크는 단호하게 말했다.

"그들과 함께하고는 있지만, 나는 누군가에게 희생을 강요할 수는 없다고 생각해. 그것이 더 많은 사람을 위한 것일지라도."

"당신이 나를 구해 주었을 때 했던 말이 생각나요."

"……?"

"저한테 그랬어요. '네 목숨이 소중하다는 걸 스스로 깨달았으면 좋겠다'고 말이에요. 그리고 '어떻게 태어났든 이제 네 삶은 네 몫'이라는 말도요."

"내가 그랬나?"

네오 호크는 멋쩍은 듯 물었고, 나는 고개를 끄덕였다.

"생각할 시간을 줄게. 버스는 딱 10분 후에 출발할 거야."

네오 호크는 조용히 말하고는 몸을 돌렸다.

나는 긴 숨을 내쉬고 주변을 돌아보았다. 도로가 이어진 방향으로는 조금씩 어둠에 묻히기 시작한 롯 타워가, 오른편에는 동맹시의 거대한 벽이 보였다. 그걸 보자마자 녹두가 생각났다.

얼굴의 반을 잃고 흉측한 모습으로 돌아왔을 때, 나는 그녀에게 물었었다. "당신이 원하는 게 뭐죠? 저 벽을 허물기라도 하겠다는 건가요?"라고. 그녀는 차분히 고개를 끄덕였었다.

'저 벽에 조금씩 금이 가고 있어요. 그런데 당신은 이제 볼 수가 없네요.'

자꾸만 가슴이 울컥했다. 녹두의 메모리에 남겨져 있던 마지막 말이 기억났다.

"우리를 가로막고 있는 저 벽을 향해 나아가 주세요!"

나는 단어 하나를 중얼거렸다.

"카멜레온……."

내가 누구인지를 깨달은 뒤부터 제3 거류지와 동맹시, 비관리 구역에서 겪었던 일들과 만났던 사람들이 떠올랐다. 제3 거류지의 뒷골목 길바닥에 버려져 있던 안다미로 봉투도.

다시 긴 숨을 내쉬고 자신에게 물었다.

'나는 어떻게 될까?'

솔직히 무서웠다. 이럴 때 누군가 손을 잡아 주었으면 싶었다. 하지만 내 손을 잡아 주었던 녹두도, 은별도 지금은 곁에 없었다. 이제 나는 철저하게 혼자 남은 것이다. 은 별이 혼자는 쓸쓸하다고 한 이유를 알 것 같았다.

나는 주먹을 쥐었다. 그리고 돌아서 버스를 향해 걸어갔다. 버스는 출발 준비를 서두르고 있었다.

"충분히 생각하고 결정한 거야?"

내가 버스에 발을 올렸을 때 네오 호크가 물었다. 나는 고개를 끄덕이고 버스에 올라탔다.

"많은 클론이 네게 고마워할 거야. 너를 존경한다."

"고마워요. 내가 선택할 수 있게 해 줘서."

나는 진심을 담아 대답했다.

버스는 제3 거류지 안쪽으로 빠르게 들어갔다. 밤이 깊어져 길을 따라 곳곳에 불이 켜졌다. 거리를 지나다니는 사람들의 모습이 보였다. 대부분 클론일 것이다. 나는 불빛에 비친 사람들을 더 빤히 쳐다보았다. 머리가 움푹 파인 사람, 눈 하나가 없는 사람, 피부가 녹아 흘러내린 사람…….

곧 버스가 멈췄고 나는 어게인스터들을 따라 내렸다. 그리고 하늘을 올려다보자, 롯 타워가 있었다.

"하아!"

가슴속 깊은 곳에서 뜨거운 숨이 흘러나왔다. 나는 여러 번 심호흡하고, 어게인스터들을 따라 안으로 들어갔다. 늘 지나다니던 입구가 아니어서 조금은 낯설었다.

엘리베이터를 이용하지 않고, 평소와 다른 은밀한 방식으로 롯 타워 내부를 빙빙 돌았다. 그러다 인적이 끊긴 외진 곳에서 붉게 녹이 슨 철문을 열었다.

쓰레기가 방치된 복도와 다르게 넓고 깨끗하게 정리된 공간에 리아와 어게인스터들이 있었다.

"무사해서 다행이야! 얘기 다 들었어."

리아가 다가와 내 손을 잡으며 말했지만, 나는 뭐라 대꾸하면 좋을지 알 수 없었다. 미소 지으려 했지만, 그마저도 되지 않았다. 겨우 리아의 손을 맞잡았을 뿐이었다.

그러자 리아가 주저하며 말을 이었다.

"세인에게 연락이 왔어. 일전에 게임할 때 너를 만났다고 우리를 돕고 싶댔어. 자기가 아빠를 설득한다고, 자기가 인질이 되면 아빠가 도와줄지도 모른다고……. 그 이야기는 나중에 다시 할게."

리아는 잠시 머뭇거리더니 내 팔을 잡아끌었다. 그러고는 안쪽에 위치한 초록색 문을 열고 들어갔다.

"어서 와. 기다리고 있었어. 좀 다쳤다고 들었는데, 괜찮아?"

조안이 밝은 미소를 지으며 나를 바라봤다. 나는 대답하는 대신 방 안을 둘러보았다. 한가운데에는 수술대처럼 보이는 금속 침대가 놓여 있었고, 그 옆으로 수술용 조명 두 개가 설치되어 있었다. 그것들을 보는 순간, 조안이 순수하게 나를 걱정하는 게 아니란 사실이 실감났다. 나는 삐딱하게 대답했다.

"조금 다치긴 했지만, 카멜레온은 훼손되지 않았을 거예요."

"아니, 내 말은……."

"괜찮아요. 어차피 클론은 필요에 의해 만들어지고 쓰이는 거잖아요. 지금까지 저는 늘 그랬어요. 은별이도, 당신과 꼭 닮은 녹두도 그랬어요. 이곳에서 죽어 간 모든 클론이 마찬가지죠."

내 입으로 은별의 죽음에 대해 말하자 따끔한 고통이 밀려왔다.

"그런 뜻으로 한 말이 아니야. 다만……."

"어떤 뜻이든 상관없어요. 당신에게 필요한 건 카멜레

온이고, 나는 그래서 이렇게 무사히 돌아왔으니까요."

냉소적인 나의 태도에 조안이 잠시 머뭇거리다가 말했다.

"마더가 너를 꼭 보고 싶어 하셔."

그러더니 조안은 바이오 워치로 통화를 시도했고, 잠시 후 마더가 연결되었다.

"세븐틴, 무사해서 다행이구나. 고마워. 네 덕분에 성공할 수 있었어."

홀로그램 영상 속에서 마더는 웃고 있었다. 하지만 나는 웃지 않았다. 대신 또렷한 목소리로 대답했다.

"아니에요. 은별을 데려오지 못했어요. 실패했어요."

그것이 내 솔직한 심정이었다.

"그래, 네 말대로 우리는 오늘 중요한 걸 얻은 동시에 많은 걸 잃었어. 하지만…… 네가 어떻게 생각할지 모르겠지만, 모두 우리가 감수해야 하는 일이야. 고통 없이는 아무것도 이루어지지 않으니까."

마더의 말이 마치 독백처럼 들렸다.

"우리와 함께해 주어서 고마워. 그 말을 하고 싶었단다."

마더는 담담해 보였다. 아니, 그러기 위해 애쓰는 것 같았다. 나는 마지못해 고개를 끄덕였다. 그런 나를 향해 마더가 마지막 인사를 했다.

"우리가 또…… 만날 수 있다면 좋겠구나."

잠시 후, 홀로그램은 사라졌다.

마더의 마지막 말이 무슨 의미인지 짐작할 수 있었기에 나는 잠깐 현기증을 느꼈다. 나는 자신을 다독이며 옆에 놓인 의자에 앉았다.

조안이 천천히 다가오더니 손바닥을 펴서 내게 뭔가 보여 주었다. 손가락 두 마디쯤 되는 칩이었다.

조안이 조심스레 말했다.

"은별의 CPU야. 네오 호크가 마지막으로 회수했어."

나도 모르게 손을 내밀 뻔했지만 조안의 의도를 알 수 없어 망설였다.

"네가 원한다면, 다시 은별을……."

"그게 무슨 말이죠?"

"여기에 은별의 모든 것이 들어 있어. 슈퍼 클론이었을 때의 기억만 제거하고 다른 클론의 뇌에 이식한다면 우리는 은별이를 한 번 더 만날 수 있을 거야. 마더도 허락했어. 너만 동의하면……."

"아니요. 그러지 말아요."

나는 고개를 내저었다. 그건 또 하나의 클론을 만든다는 말처럼 들렸다. 새로운 은별을 어떻게 예전처럼 대할 수 있을까.

나는 조안에게 단호하게 말했다.

"아시잖아요. 우리는 태어나서는 안 되는 존재들이었어요."

"세븐틴!"

"알아요. 무슨 말을 하고 싶은지. 하지만 이런 일은 반복되어서는 안 돼요. 그 어떤 예외도 허용해서는 안 된다고요. 조안은 그렇게 다시 태어난 아이를 은별이라고 부를 수 있어요?"

나를 쳐다보는 조안의 눈이 붉게 충혈되어 있었다.

"그래도 은별이도 나도 다른 클론들을 위해 뭐라도 할 수 있어서 다행이에요. 조안, 우리를 그렇게만 기억해 주세요."

"세븐틴……."

조안이 떨리는 목소리로 내 이름을 불렀다.

나는 일어나 어둠이 내린 창 쪽으로 다가갔다. 아래쪽에 탑이 보였다. 녹두와 함께 바라보았던 클론들의 무덤.

크리스마스트리처럼 예쁘게 반짝거렸던 그 탑은 다행히 무너지지 않고 그대로였다. 그때보다는 덜 반짝거렸지만, 여전히 빛을 냈다.

"저기 저 탑 보이죠?"

조안과 리아가 옆으로 다가왔다. 나는 주머니에서 녹두와 은별의 인식표를 꺼냈다. 그걸 손바닥 위에 올려놓고 말을 이었다.

"저 탑에 걸어 주세요. 그리고 만약……."

나는 뒷말을 잇지 못했다.

'내가 돌아오지 못하면 제 것도 저 탑에 걸어 주세요.'

그 말을 삼키고 나는 잠시 녹두와 은별의 얼굴을 떠올렸다. 그들과 함께 있을 수 있다고 생각하면 이게 끝이라 해도 나쁘지 않을 것만 같았다. 나는 처음으로 편안한 미소를 지었다. 조안이 고개를 끄덕이며 내 손에서 인식표를 받아 갔다.

나는 한 번 더 돌탑을 내려다본 후 돌아섰다. 방 한가운데 놓인 은빛의 금속 수술대 위에 밝은 조명이 눈부시게 쏟아지고 있었다. 뜻밖에도 발걸음은 가벼웠다. 이것이 녹두와 은별, 그리고 더 많은 클론을 위한 선택일 테니까.

성공한다면 더는 어떤 클론도 로즈 게임의 몹으로 살지 않아도 될 것이다.

　나는 미소를 지은 채 수술대 위에 누웠다.

작가의 말

이따금 내가 게임 속에 살고 있는 것이 아닌가, 하는 생각을 합니다. 때론 게이머로, 혹은 몹으로 말이지요.

게이머인 나는 몹을 찾아 제거하고, 레벨을 올립니다. 새로운 아이템을 얻고, 만렙을 찍기 위해 나아갑니다. 물론 때로는 형편없이 질 때도 있지요. 그럴 때는 다른 게이머와 동맹을 맺고 일단 눈앞의 몹을 제거합니다. 그러나 동맹을 맺은 게이머와 대결해야 할 때도 있습니다. 게임의 왕좌가 하나뿐이라면 말이지요.

내가 게이머를 물리쳐야 하는 몹일 때도 있습니다. 어리숙한 게이머를 만나면 어렵지 않게 내 영역을 지킬 수 있지만, 강력한 게이머를 만나면 단숨에 자리를 내놓아야 합니다. 안타깝게도 몹은 게이머를 물리쳐도 보상이 없는 경우가 많습니다. 그래서 매우 불공평하게 느껴지기도 합니다.

지금 우리는 게이머로 살고 있을까요, 아니면 몹으로 살고 있을까요?

여긴 어디? 나는 누구?

혹시 어느 날 갑자기 이런 질문을 해 본 적 있나요? 이런 질문을 떠올리면 머리카락이 쭈뼛 설 때가 있습니다. 특히 과학의 힘으로 무섭도록 빠르게 발달하는 세상을 마주할 때 말이죠. 운전기사 없는 버스가 운행되고, 3D프린터로 집을 짓습니다. 이미 세계 최고의 바둑 기사를 이기는 인공지능이 출현했고, 서울에서 부산까지 20분이면 갈 수 있는 교통수단에 대한 이야기가 뉴스에 자주 등장합니다.

그러므로 어찌 보면 『레플리카』에서 벌어지는 일들은 '딴 세상' 이야기가 아니라, 조만간 우리 곁에서 일어날 일일지 모릅니다.

지금까지 우리는 게이머로 살았는지, 아니면 몹으로 버텨 왔는지 알 수 없습니다. 다행히 아직 그것은 그리 중요하지 않습니다. 오늘까지의 게임은 리셋하면 되니까요. 게이머가 될지 몹의 역할을 해내야 할지는 우리의 '선택'에 달렸습니다.

『레플리카』는 우리보다 한발 앞서 '자신만의 선택'을 하고 길을 나선 한 소년의 이야기를 담았습니다.

이제 여러분의 게임이 시작되었습니다!

혹시 든든한 아이템이 필요하신가요? 『레플리카』에서 직접 찾아 보세요.

GAME START.

레플리카 2
운명의 아이

초판 1쇄 인쇄일 2022년 7월 19일
초판 1쇄 발행일 2022년 8월 3일

지은이   한정영
그린이   불키드
펴낸이   강병철
디자인   박정은
마케팅   최금순 오세미 공태희
제작   홍동근

펴낸곳   이지북
출판등록 1997년 11월 15일 제105-09-06199호
주소   (04047) 서울시 마포구 양화로6길 49
전화   편집부 (02)324-2347, 경영지원부 (02)325-6047
팩스   편집부 (02)324-2348, 경영지원부 (02)2648-1311
이메일   ezbook@jamobook.com

ISBN 978-89-5707-247-9 (44810)
     978-89-5707-248-6 (세트)

잘못된 책은 교환해드립니다.

"콘텐츠로 만나는 새로운 세상, 콘텐츠를 만나는 새로운 방법, 책에 대한 새로운 생각"
이지북 출판사는 세상 모든 것에 대한 여러분의 소중한 콘텐츠를 기다립니다.
ezbook@jamobook.com